Y FAWR A'R FACH

STRAEON O'R RHONDDA

SIÔN TOMOS OWEN

y Lolfa

Argraffiad cyntaf: 2018
© Hawlfraint Siôn Tomos Owen a'r Lolfa Cyf., 2018

*Mae hawlfraint ar gynnwys y llyfr hwn ac mae'n anghyfreithlon
llungopïo neu atgynhyrchu unrhyw ran ohono trwy unrhyw ddull ac
at unrhyw bwrpas (ar wahân i adolygu) heb gytundeb ysgrifenedig y
cyhoeddwyr ymlaen llaw*

Cynllun y clawr: Siôn Tomos Owen

Rhif Llyfr Rhyngwladol: 978 1 78461 582 6

Dymuna'r cyhoeddwyr gydnabod cymorth ariannol
Cyngor Llyfrau Cymru

Cyhoeddwyd ac argraffwyd yng Nghymru
ar bapur o goedwigoedd cynaliadwy gan
Y Lolfa Cyf., Talybont, Ceredigion SY24 5HE
e-bost ylolfa@ylolfa.com
gwefan www.ylolfa.com
ffôn 01970 832 304
ffacs 01970 832 782

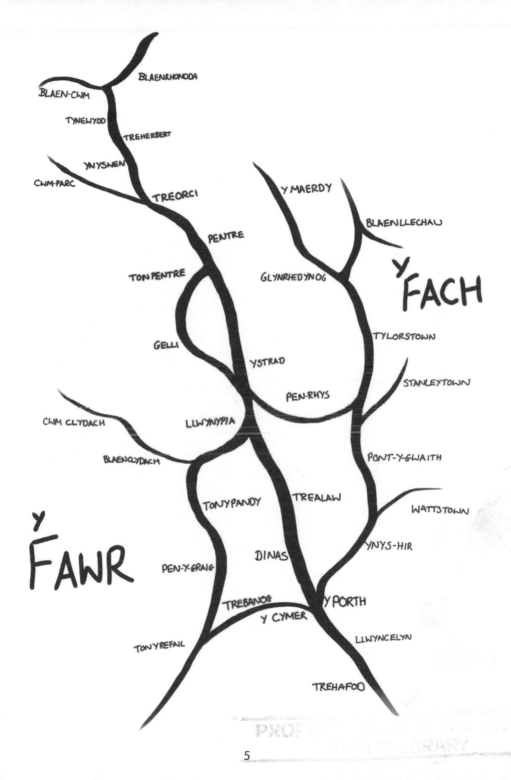

BLAEN-CWM
BLAENRHONDDA
TYNEWYDD
TREHERBERT
YNYSWEN
CWM-PARC
TREORCI
Y MAERDY
BLAENLLECHAU
PENTRE
Y FACH
TON PENTRE
GLYNRHEDYNOG
GELLI
TYLORSTOWN
YSTRAD
STANLEYTOWN
PEN-RHYS
CWM CLYDACH
LLWYNYPIA
BLAENCLYDACH
PONT-Y-GWAITH
TONYPANDY
TREALAW
WATTSTOWN
Y FAWR
DINAS
YNYS-HIR
PEN-Y-GRAIG
TREBANOG
Y PORTH
Y CYMER
LLWYNCELYN
TONYREFAIL
TREHAFOD

Cynnwys

1 Y Shwnidaigon   9
   (Blaen-cwm a Blaenrhondda)

2 Y Rhigos a'r fan hufen iâ   13
   (Tynewydd a Threherbert)

3 Y Sgiw   17
   (Ynyswen)

4 Y Bwlch a geifr Glyncolli   21
   (Treorci a Chwm-parc)

5 Betty 'force feed'   25
   (Pentre)

6 Ein cartref cyntaf   30
   (Tonpentre a Gelli)

7 Y Twpsyn a'r Cabin   35
   (Ystrad a Llwynypia)

8 Eliffanto a winwns ffermwr Trealaw 39
   (Trealaw a Dinas)

9   Fy swydd gyntaf a chŵn Clydach   43
    (Clydach a Blaenclydach)

10 Prynu fy CD cyntaf   48
    (Tonypandy a Phen-y-graig)

11 Y bws i Ysgol y Cymer   53
    (Y Cymer a Threbanog)

12 Y clwb snwcer a pheli oer   57
    (Y Porth, Llwyncelyn a Threhafod)

13 Fy ngêm rygbi olaf yn Cwtch   61
    (Ynys-hir, Pont-y-gwaith,
    Wattstown a Stanleytown)

14 Dyweddïo ar ben Old Smokey   66
    (Pen-rhys a Tylorstown)

15 Ymarferion yn y Rad   71
    (Blaenllechau)

16 UFOs y Maerdy a'r Res   76
    (Glynrhedynog a'r Maerdy)

    Geirfa   81

1

Y Shwnidaigon
(Blaen-cwm a Blaenrhondda)

Os edrychwch i fyny i ben **Cwm** Rhondda dych chi'n gallu gweld mynydd sydd yn edrych **fel petai** rhywun wedi torri'r pen i ffwrdd. Pen-pych yw enw'r mynydd ac mae Blaen-cwm ar un ochr a Blaenrhondda ar yr ochr arall. Pen-pych yw'r mynydd mwyaf fflat yng ngogledd Ewrop a dych chi'n gallu cerdded i fyny at y rhan fflat ac edrych i lawr y cwm. Ar y ffordd trwy'r **goedwig** dych chi'n gallu gweld dwy **raeadr**, un fach ac un fawr. Dyma ddechrau afon Rhondda sydd yn **llifo** i mewn i afon Taf ym Mhontypridd i lawr y cwm.

Mae'r goedwig o gwmpas y mynydd yn fawr iawn. Mae'n dechrau yn y Rhondda ac yn mynd i Resolfen ac i lawr i Gwm Afan tua Port Talbot sydd yn edrych dros y môr. Wrth gerdded i fyny'r mynydd gallwch weld pobl gyda'u cŵn, teuluoedd yn mynd am bicnic, bechgyn a merched yn cerdded law yn llaw i mewn i'r coed ac weithiau... Y FFERMWR.

Doedd y ffermwr yma ddim fel ffermwyr eraill yn yr ardal. Roedd e'n byw mewn carafán ar **waelod** y mynydd lle roedd parc o'r enw Cowboy Town yn y 1980au. Mae e wedi cau nawr ond mae'r ffermwr yn dal i wisgo het cowboi ac yn reidio ei

cwm/cymoedd – *valley(s)*	**fel petai** – *as if*
coedwig – *forest, woods*	**rhaeadr** – *waterfall*
llifo – *to flow*	**gwaelod** – *bottom*

9

geffyl trwy'r goedwig. Roedd y coed yn **codi ofn**, ond ddim gymaint â'r **straeon** am y **creadur** oedd yn byw yn y goedwig. Dych chi wedi clywed am greaduriaid fel Bigfoot a'r Yeti, ond yn y Rhondda roedd… y Shwnidaigon! Doedd neb wedi gweld y creadur yma ond os oedd coeden yn cwympo, y Shwnidaigon oedd wedi ei wneud e; os oedd dafad yn mynd ar goll, y Shwnidaigon oedd wedi mynd â hi, ac os oedd **goleuadau** stryd yn **diffodd** yn yr ardal, pwy wnaeth e? Y Shwnidaigon, wrth gwrs!

Fy nhad oedd yn dweud y straeon yma wrtha i pan oedd e'n mynd â fi a fy ffrindiau i gerdded Pen-pych. Un tro, pan o'n i'n wyth oed, ro'n ni wedi mynd lan y mynydd yn y gaeaf pan oedd eira dros y Rhondda i gyd. Cerddon ni at y rhaeadr fach ac roedd hi wedi **rhewi**. Edrychon ni i fyny at y rhaeadr fawr ac roedd rhywun yn dringo'r rhaeadr! Tynnais fraich Dad a gofyn o'n ni'n cael mynd i ben y rhaeadr fawr i weld y dyn yn dringo.

'Wrth gwrs,' meddai Dad. 'Ond rhaid i ni fynd trwy'r goedwig, felly edrychwch am y Shwnidaigon…'

Cerddon ni i fyny trwy'r goedwig – coed tal a thywyll gydag eira drostyn nhw i gyd. Aethon ni heibio coeden oedd wedi cwympo **ar draws** y **llwybr**. **Pwyntiodd** Dad at y goeden a dweud,

'Mae'r Shwnidaigon wedi bod yma. Rhaid bod **yn ofalus**.'

Edrychodd fy ffrind a fi ar ein gilydd a rhedeg ar ôl Dad i fod yn saff.

codi ofn – *to scare*	**straeon** – *stories*
creadur/creaduriaid – *creature(s)*	**goleuadau** – *lights*
diffodd – *to turn off*	**rhewi** – *to freeze*
ar draws – *across*	**llwybr** – *path*
pwyntio – *to point*	**yn ofalus** – *carefully*

Cyrhaeddon ni ben y rhaeadr ac yng nghanol yr afon roedd coeden oedd wedi hanner rhewi. Roedd un ochr yn wyrdd a'r ochr arall yn wyn, fel petai rhywun wedi rhoi **eisin** ar gacen. Yna gwelon ni'r dyn yn dringo dros ochr y rhaeadr. Ffrind Dad oedd e a dwedodd Dad,

'Dyna'r peth **dewraf** dw i wedi gweld erioed – ac efallai y peth mwyaf twp hefyd!'

Pan oedd Dad a'i ffrind, y **dringwr**, yn siarad, dechreuodd fy ffrind a fi **ddadlau** pwy oedd y mwyaf dewr **ohonon ni**'n dau. Dwedais i taw fi oedd y mwyaf dewr achos fi oedd eisiau dod i weld y rhaeadr fawr a cherdded trwy goedwig y Shwnidaigon. Ro'n ni'n dau yn gweiddi ar ein gilydd, a welon ni ddim fod Dad a'i ffrind wedi mynd. Ro'n ni yno, yn y goedwig, ar ein pen ein hunain... gyda'r Shwnidaigon!

Dechreuon ni gerdded yn gyflym i ffeindio Dad a'i ffrind. Ro'n ni'n gallu gweld lot o goed, lot o eira, ond dim pobl. Dim. Neb.

Wedyn clywon ni sŵn fel sŵn ci yn dod o'r goedwig.

Wedyn sŵn **brigyn** yn torri.

Wedyn, yn sydyn, clywon ni weiddi uchel a gweld rhywbeth mawr yn **neidio** allan o'r coed!

Caeais fy llygaid, neidio i fyny i'r **awyr** a throi rownd a rownd gyda fy mreichiau yn bocsio o fy mlaen, **yn barod** i **ymladd**.

'Aaaaaaa, y Shwnidaigon!' gwaeddais.

Yna, clywais chwerthin. Dad oedd e, yn eistedd yn yr eira

eisin – *icing*	**dewr (dewraf)** – *brave (bravest)*
dringwr – *climber*	**dadlau** – *to bicker*
ohonon ni – *of us*	**brigyn** – *branch*
neidio – *to jump*	**awyr** – *sky*
yn barod – *ready*	**ymladd** – *to fight*

11

gyda'i ffrind ac yn pwyntio tu ôl i fi. Cyn i fi neidio i fyny roedd fy ffrind wedi rhedeg i ffwrdd fel y gwynt. Deg munud wedyn, ffeindion ni fe. Roedd e wedi mynd i **guddio** tu ôl i wal. Rhedais i ato a dweud,

'Ha-ha, fi yw'r un mwyaf dewr!'

Ond dwedodd Dad, 'Na, ti yw'r un mwyaf twp! Os taw fi *oedd* y Shwnidaigon, baset ti wedi cael dy fwyta ond basai dy ffrind yn saff tu ôl i'r wal!'

Roedd Dad yn athro, felly roedd e'n hoffi dysgu gwersi i fi. Gwersi pwysig iawn!

cuddio – *to hide*

12

2

Y Rhigos a'r fan hufen iâ
(Tynewydd a Threherbert)

Roedd llawer o ffrindiau gyda fi o ben y cwm, o Dreherbert. Ro'n ni'n **cwrdd** weithiau i reidio beics drwy'r strydoedd ac ar hyd yr afon yn Nhynewydd. Roedd gan Dynewydd lwybrau beicio da a doedd dim llawer o draffig ar bwys yr hen ffatri. Roedd llawer o ddarnau mawr o **bren** a **metel** – **perffaith** i wneud **rampiau**! Ro'n ni'n gweithio'n galed drwy'r dydd weithiau yn gwneud ramp ac yn **herio** ein gilydd i weld pwy fasai'r cyntaf i'w **drio** fe.

Un diwrnod, fy nhro i oedd hi i fynd i lawr ramp newydd yn gyntaf. Roedd y ramp yn dalach na fi! Ro'n i wedi mynd mor gyflym ag roedd fy meic BMX yn gallu mynd – ro'n i bron â hedfan. Ond ar y ffordd i lawr y ramp, cwympais o'r sedd a **glanio** ar far y beic. Ro'n i wedi **sgrechian** yn uchel a gwneud i'r adar hedfan o'r coed ac ro'n i'n siarad fel merch tan y diwrnod wedyn!

Fy nhaith hir gyntaf ar fy meic oedd taith i ben mynydd y Rhigos gyda fy ffrindiau. Mae'r Rhigos yn ffordd hir fel **neidr** ac yn **beryglus** fel neidr hefyd. Mae'r Rhigos yn wyth **milltir** o

cwrdd – *to meet*	**pren** – *wood*
metel – *metal*	**perffaith** – *perfect*
ramp/rampiau – *ramp(s)*	**herio** – *to dare*
trio – *to try*	**glanio** – *to land*
sgrechian – *to scream*	**neidr** – *snake*
peryglus – *dangerous*	**milltir** – *mile*

13

Dreherbert yng Nghwm Rhondda draw i Hirwaun yng Nghwm Cynon. Ond reit yn y canol, yn edrych dros fynyddoedd **Bannau Brycheiniog**, mae fan hufen iâ. Wrth gwrs, ro'n ni'n gallu prynu hufen iâ yn y siop ar stryd fawr Treherbert, ond ble oedd yr hwyl yn hynny?

Roedd chwech ohonon ni wedi mynd ar gefn ein beiciau rownd y **gornel** gyntaf ar waelod y Rhigos, heibio i The Cage, sef cae rygbi Treherbert, rownd yr ail gornel hir ac yna reidio dwy filltir i gyrraedd Cwt y Gwarchodwr neu'r Watchman's Hut. Roedd y gwarchodwr yn edrych ar ôl ffordd y Rhigos i weld bod dim pethau peryglus ar y ffordd, fel darnau o **graig** neu anifeiliaid. Roedd e hefyd yn **casglu sbwriel** ac yn gwneud **siapiau** anifeiliaid bach, ac roedd e'n **dangos** yr anifeiliaid ar ochr y mynydd y tu ôl i'r cwt. Mae'r cwt yn **wag** nawr, ond mae pobl leol yn cofio'r anifeiliaid bach o hyd.

Dwy awr wedyn, ro'n ni wedi cyrraedd i ben y mynydd. Roedd yn rhaid reidio heibio'r cwt, pasio **nant** Saerbren, **sef** dechrau afon Rhondda, wedyn mynd heibio 'Route 47' – y llwybr beiciau sydd yn dechrau yng Ngwent ac yn gorffen yn Sir Benfro – cyn cyrraedd y lle picnic a'r fan hufen iâ. Yn aml mae llawer o **feiciau modur** ar ben y Rhigos, wedi stopio i edrych ar yr **olygfa**. Dych chi'n gallu gweld Cwm Cynon i'r dde, Cwm Nedd i'r chwith a'**r holl ffordd** i fyny hyd at fynyddoedd Powys

Bannau Brycheiniog – *Brecon Beacons*	**cornel** – *corner*
craig/creigiau – *rock(s)*	**casglu** – *to collect*
sbwriel – *rubbish*	**siâp/siapiau** – *shape(s)*
dangos – *to show*	**gwag** – *empty*
nant – *stream*	**sef** – *that is, namely*
beic/beiciau modur – *motorbike(s)*	
golygfa – *view*	**yr holl ffordd** – *all the way*

a'r Bannau yn syth **o'ch blaen**. Heddiw mae **melinau gwynt** ar ben y Rhigos ac i lawr yng Nghwm Nedd ond pan o'n ni'n ifanc dim ond coedwigoedd oedd yna, **mor bell ag** y gallech chi weld.

Dyw reidio beiciau gyda choesau bach ddim mor hawdd â reidio beic modur, a'r unig beth ro'n ni eisiau oedd hufen iâ! Ond dim ond pump ohonon ni oedd wedi cyrraedd. Doedd Gary ddim yna! Ble oedd e?

Ar ôl gorffen yr hufen iâ fe aethon ni i chwilio am Gary. Wrth reidio i lawr y ffordd, yr haul ar ein hwynebau a'r gwynt y tu ôl i ni, ro'n ni'n gallu gweld i lawr i Dreherbert, ac mor bell ag Ynyswen a Threorci. Dych chi hyd yn oed yn gallu gweld Gelli ac Ystrad yn y **pellter** ar ddiwrnod braf. Ond ar ochr y ffordd, yn agos i gwt y gwarchodwr, ro'n ni'n gallu gweld rhywun bach yn eistedd ar bwys ei fcic. Gary oedd e. Oedd ei fcic wedi torri neu oedd e wedi **cwympo**? Na, roedd e wedi stopio achos roedd reidio i ben y mynydd yn rhy anodd! Hefyd roedd e'n **pwdu** achos do'n ni ddim wedi cael hufen iâ iddo fe o'r fan!

Dwedon ni fod popeth yn iawn achos roedd taith fendigedig i lawr y mynydd. Yr hwyl gorau ar ôl reidio *i fyny'r* mynydd oedd gallu **rasio** *i lawr*. Ond doedd e ddim yn hapus.

'Dw i angen **gwthio**'r beic i lawr,' meddai.

Edrychon ni ar ein gilydd a gofyn, 'Beth? Pam?!'

'Mae Mam yn dweud ga i reidio i *ben* y Rhigos ond dw i ddim yn cael reidio i lawr achos mae'n rhy beryglus.'

o'ch blaen – *in front of you*	
melin wynt/melinau gwynt – *windmill(s)*	
mor bell â/ag – *as far as*	**pellter** – *distance*
cwympo – *to fall*	**pwdu** – *to sulk*
rasio – *to race*	**gwthio** – *to push*

15

Pwdodd eto, ac fe wnaethon ni chwerthin yr holl ffordd adref.

Wnaeth e ddim dod ar daith beics gyda ni ar ôl hynny!

3

Y Sgiw
(Ynyswen)

Es i i **Ysgol Gynradd** Gymraeg Ynyswen. Mae pump ysgol Gymraeg yn y Rhondda – Ynyswen, Bronllwyn, Bodringallt, Llwyncelyn a Llynyforwyn. Ynyswen oedd yr ysgol Gymraeg gyntaf i agor yn y cwm, yn 1950. Doedd dim llawer o blant yno ar y dechrau ac roedd yn rhaid i bobl weithio'n galed iawn i gael ysgol Gymraeg yma. Hefyd, dim ond plant gyda mam a thad yn siarad Cymraeg oedd yn cael mynd i'r ysgol Gymraeg newydd. Does dim rhaid i'r ddau siarad Cymraeg erbyn heddiw, diolch byth, neu faswn i ddim wedi mynd i Ysgol Ynyswen o gwbl!

Mae Mam yn siarad Cymraeg ond doedd Dad ddim yn siarad Cymraeg cyn cwrdd â Mam yn y 1970au. Roedd Mam-gu, mam Dad, yn siarad Cymraeg ond doedd Tad-cu ddim. Doedd Mam-gu ddim yn hapus bod rhaid i blant bach yr ysgol Gymraeg fynd ar y bws i fyny'r cwm o Bentre i Ynyswen. Roedd Mam-gu yn glanhau Pentre Primary School oedd gyferbyn â'r tŷ, felly aeth Dad i Ysgol Pentre.

Ond dysgodd Dad siarad Cymraeg pan o'n i'n fabi ac roedd e'n ymarfer siarad Cymraeg gyda fi. Roedd e'n dysgu'n dda iawn achos roedd Mam a Mam-gu yn siarad Cymraeg gyda fi trwy'r amser, felly roedd e'n clywed y geiriau ac yn dysgu **yr un pryd** ag ro'n i'n dysgu. Ond stopiodd e siarad Cymraeg gyda fi pan

---

sgiw – *settle*   **ysgol gynradd** – *primary school*

yr un pryd – *the same time*

17

o'n i tua pump oed, nid achos doedd e ddim eisiau dysgu mwy o Gymraeg ond achos 'mod i'n fachgen bach drwg iawn. Mae trio meddwl pan dych chi'n flin yn anodd, ond mae trio meddwl mewn ail iaith pan dych chi'n flin yn anodd iawn pan mae gremlin bach yn gweiddi dros y lle, yn **cicio** chi ac yn **taflu** afalau ar draws y Co-op! Roedd Dad yn trio rhoi **stŵr** i fi ond weithiau roedd e'n dweud y gair **anghywir**. Roedd hyn yn gwneud Dad yn fwy blin, felly wnaeth e ddechrau rhoi stŵr i fi yn Saesneg. Roedd e'n dal i siarad Cymraeg gyda fi bob tro arall, ond roedd rhaid iddo fe siarad mwy a mwy o Saesneg achos ro'n i'n cael mwy a mwy o stŵr am fod yn ddrwg!

Mae hyn yn gwneud i fi deimlo'n drist nawr. Taswn i wedi bod yn fachgen bach da efallai basai Dad a fi'n siarad mwy o Gymraeg gyda'n gilydd. Mae Dad yn dweud do'n i ddim yn fachgen drwg iawn, iawn, ond mae PAWB arall yn **anghytuno**!

Hefyd, dw i wedi gweld fideos o fachgen bach gyda gwallt coch oedd yn edrych ac yn actio yn debyg iawn i Norman Preis yn *Sam Tân*. Mae Mam a Dad yn edrych yn sâl yn y fideos achos do'n nhw ddim yn cysgu llawer. Do'n i ddim yn dawel nac yn gwrando chwaith. Mewn un fideo dw i'n sefyll gyda phlant eraill i dynnu llun ar gyfer y papur newydd. Dw i'n gweld Dad yn ffilmio gyda'r camera a dw i'n dechrau dawnsio, a **rhowlio** ar y llawr a gweiddi, a dw i ddim yn edrych ar y dyn oedd yn tynnu'r llun. Ar y fideo gallwch chi glywed Mam-gu yn gofyn i Dad,

'What is he doing?'

Mae Dad yn ateb, 'I don't know, Mam, I don't know.'

Wedyn mae rhywun yn gofyn, 'Isn't that your son?'

cicio – *to kick*	**taflu** – *to throw*
stŵr – *row, telling off*	**anghywir** – *wrong*
anghytuno – *to disagree*	**rhowlio** – *to roll*

Ac mae Dad yn ateb, 'Oh no, I don't know who he belongs to…'!

Felly pan ddaeth yr amser i fi ddechrau'r ysgol ro'n nhw'n hapus iawn. Do'n i ddim yn hapus. Fe wnes i grio bob bore a dal ochr drws y tŷ i beidio mynd.

Yn Ysgol Ynyswen, ar bwys drws ystafell y prifathro, roedd cadair fawr hir. Enw'r gadair oedd y Sgiw. Roedd y plant yn cael eu rhoi ar y Sgiw am ddau **reswm** – os o'n nhw'n sâl neu os o'n nhw'n ddrwg. Roedd yr athrawon yn pasio'r Sgiw wrth gerdded i'r ystafell athrawon ac yn gofyn,

'Pam wyt ti ar y Sgiw?'

rheswm – *reason*

19

Os o'ch chi'n sâl basech chi'n dweud, 'O, Miss, dw i'n saaaaaaaaal. Mae bola tost gen i!'

A basai'r athrawon yn dweud, 'O, *poor dab*, **brysia wella**.'

Ond os o'ch chi'n ddrwg basech chi'n dweud, 'Dw i wedi bod yn ddrwg, Miss…'

Yna, basai'r athrawon yn tyt-tytio ac yn dweud,

'O, Siôn Tomos Owen! Dw i'n **siomedig** iawn.'

'Beth fasai dy fam yn dweud?'

'Fydd dy dad ddim yn hapus iawn.'

'Pan wela i dy fam-gu bore dydd Sadwrn yng nghaffi Fred bydd hi'n drist.'

Baswn i'n edrych i fyny ac yn dweud, 'O, plis peidiwch dweud wrth Mam-gu, Miss! Plis?'

Ond basen nhw'n cerdded i ffwrdd, yn edrych yn drist.

Felly, faswn i byth yn dweud wrth yr athrawon os o'n i'n fachgen drwg. Os o'n nhw'n gofyn, baswn i'n dweud, 'O, Miss, dw i'n sâl. Mae pen/bola/coes/trwyn/gwallt tost gen i!'

---

brysia wella – *get well soon*   **siomedig** – *disappointed*

20

4

Y Bwlch a geifr Glyncolli
(Treorci a Chwm-parc)

Fe ges i fy **magu** ar fferm Glyncolli yn Nhreorci ond ro'n i'n byw yn Nhŷ Capel Gosen am rai misoedd cyn symud. Mae llun ohona i yn fabi yn eistedd mewn bath **tun o flaen** y tân. Tipyn o *cliché* i blentyn o'r Rhondda! Fe ges i fy ngeni yn ystod y Streic Fawr yn 1984, felly dw i wedi gofyn i Mam pam ro'n i mewn bath tun. Mae'n siŵr fod bath ac ystafell ymolchi yn y tŷ yn 1984?! Ond cafodd Mam a Dad eu magu mewn teuluoedd **tlawd** iawn, felly ro'n nhw'n meddwl bod pawb yn gwneud hyn, a ddim yn golchi babi mewn bath mawr. Ro'n nhw wedi symud i fyw mewn tŷ gyda thŷ bach **tu fewn**, dim mewn cwt sinc yn yr ardd!

Ro'n ni **i fod i** symud i dŷ yng Nghwm-parc, pentref bach y tu ôl i Dreorci, ond roedd y tŷ bron â chwympo ar ben Dad! Roedd Dad yn **hongian** llun a gwelodd grac yn y wal. Tyfodd y crac yn fwy ac yn fwy, a mynd yr holl ffordd i'r to! Rhedodd Dad allan o'r tŷ gyda'r llun yn ei law ac fe gwympodd y tŷ i lawr, fel mewn hen ffilm Buster Keaton!

Roedd Dad eisiau byw yng Nghwm-parc ar bwys mynydd

gafr/geifr – *goat(s)*	**magu** – *to bring up*
tun – *tin*	**o flaen** – *in front of*
tlawd – *poor*	**tu fewn** – *inside*
i fod i – *supposed to*	**hongian** – *to hang*

21

Bwlch y Clawdd. Dw i'n hoffi'r enw Bwlch y Clawdd achos yn Saesneg mae'n meddwl 'gap in the hedge'. Mae'r enw yn grêt achos mae dwy ffordd ar ben y mynydd – un i Gwm Ogwr ac un i Gwm Afan – ac mae e'n edrych fel petai rhywun wedi torri dau **dwll** neu fwlch yn y mynydd. Y Bwlch mae pobl yn galw'r mynydd a dych chi'n gallu gweld beicwyr yn dringo yno bob dydd.

Mae gan y Bwlch olygfa hyfryd, yn edrych i lawr dros Gwmparc a Threorci, ac i lawr i'r Gelli ac Ystrad yn y Rhondda Fawr. Ar ddiwrnod braf dych chi'n gallu gweld draw i'r Maerdy a Glynrhedynog yn y Rhondda Fach hefyd. Os dych chi'n gwylio unrhyw ffilm am y Rhondda o'r 1970au ymlaen bydd 99% yn dangos yr olygfa yma. Mae'n dangos pob peth sy'n **ystrydebol** am y Cymoedd. Dych chi'n gallu gweld mynyddoedd uchel, strydoedd hir o dai teras, cae rygbi a phêl-droed, theatr y Parc a'r Dâr, a fferm – y fferm brynodd Mam a Dad yn 1985.

Pan o'n nhw'n blant roedd Dad yn byw yn Pentre yn y Rhondda ac roedd Mam yn byw ar ben Foel Gron yn Ninorwig, Gwynedd, ar bwys **yr Wyddfa**, mynydd **uchaf** Cymru! Roedd y ddau wedi cael eu magu yn edrych dros fynyddoedd hyfryd. Felly pan welon nhw fferm Glyncolli yn edrych dros y Bwlch, ro'n nhw wedi syrthio mewn cariad â'r lle. Wel, roedd yr olygfa yn fendigedig ond doedd y tŷ… ddim. Doedd dim ffenestri, dim trydan, dim ond briciau ar y waliau a bath yn llawn anifeiliaid!

Dros y **blynyddoedd**, gofynnodd fy rhieni i ffrindiau am help

bwlch – gap	**twll** – *hole*
ystrydebol – *stereotypical*	**Yr Wyddfa** – *Snowdon*
uchaf – *highest*	**blynyddoedd** – *years*

22

i weithio ar y tŷ. Roedd Dad yn credu ei fod yn *handy-man* da iawn ac roedd e wedi gwneud llawer o'r gwaith ei hunan. Cafodd Dad lawer o ddamweiniau wrth weithio ar y tŷ. Cwympodd e trwy do yr atig, syrthiodd y lle tân a thorri ei droed a **ffrwydrodd** yr hen Rayburn yn ei wyneb pan oedd e'n gwisgo *shell suit*!

Cymerodd amser hir i gael y fferm fel roedd Mam a Dad eisiau pob peth, ac roedd bod ar y fferm yn ardderchog i fachgen bach oedd ddim yn gallu aros yn **llonydd** mewn un lle am amser hir. Roedd llawer o le i redeg o gwmpas ac i ddringo coed ac i ddysgu am anifeiliaid.

Nid fferm go iawn oedd Glyncolli, ond lle i gadw ceffylau pobl eraill oedd e pan symudodd Mam a Dad i fyw yna. Roedd defaid yn dod o fferm Y Fforch i ddweud helô weithiau, ond un flwyddyn daeth geifr i'r fferm ac mae Mam yn cofio hynny yn **boenus** iawn! Roedd hi'n hongian dillad ar y lein a chlywodd sŵn tu ôl iddi. Yn sydyn, rhedodd gafr ati a bwrw ei phen-ôl, ei thaflu hi i'r awyr ac ar draws yr ardd! Glaniodd hi ar y gwair a gwelodd hi'r afr gyda'i phen yn y fasged ddillad.

Rhedodd Dad allan o'r tŷ ar ôl clywed Mam yn gweiddi a'i gweld hi'n rhedeg ar ôl yr afr allan o'r gât, gan rwbio ei phen-ôl poenus. Roedd Dad wedi trio helpu ond dechreuodd rowlio ar y llawr gan chwerthin pan welodd bâr o **nicyrs** Mam yn hongian o geg yr afr!

---

ffrwydro – *to explode*

cymryd (cymerodd) – *to take (took)*

llonydd – *still, motionless*   **poenus** – *painful*

nicyrs – *knickers*

23

5

Betty 'force feed' (Pentre)

Mae Pentre ar y **bryn** rhwng Treorci ac Ystrad. Cafodd fy mam-gu a fy nhad-cu eu geni yno. Ro'n nhw wedi byw yn Pentre, neu edrych draw ar Pentre, am y rhan fwyaf o'u **bywydau**. Pan oedd fy nhad-cu yn ifanc roedd e'n **paffio**. Basai e a'r paffwyr eraill yn cerdded i ben y mynydd yn gynnar yn y bore, yn stripio i lawr i'w drowsus ac yn ymladd cyn i'r haul godi. Wedyn, ar ôl i un dyn ennill, basen nhw'n cerdded yn ôl i lawr y mynydd, yn newid ac yn mynd i'w gwaith fel **glowyr** yn y **pyllau glo**.

Roedd fy nhad-cu yn **arfer** gweithio i lawr yn y pyllau glo. Roedd e'n waith **brwnt** iawn ac roedd yn sâl gyda *pneumoconiosis* neu y **llwch**. Mae llawer o strydoedd Pentre ar fryn ac felly yn **serth** ac yn anodd i'w cerdded. Roedd hi'n fwy anodd i Tad-cu gerdded y strydoedd yma achos roedd yn rhaid iddo fe stopio bob hanner stryd i gael brêc bach.

Dyn arall oedd yn cael **trafferth** cerdded y strydoedd oedd William Abraham, ond roedd pobl y Rhondda yn ei nabod fel Mabon. Ond doedd Mabon ddim yn löwr nac yn dioddef o'r

bryn – *hill*	**bywydau** – *lives*
paffio – *to box (fight)*	**glöwr/glowyr** – *miner(s)*
pwll glo/pyllau glo – *coalmine(s)*	**arfer** – *used to*
brwnt – *dirty*	**llwch** – *dust*
serth – *steep*	**trafferth** – *trouble*

25

llwch. Mabon oedd **Aelod Seneddol** cyntaf y Rhondda ac roedd e'n ofnadwy o dew. Roedd ei dŷ reit ar ben Pentre, y tu ôl i'r ysgol gynradd, yn agos at ble roedd fy mam-gu, Betty, yn byw pan oedd hi'n ferch fach gyda'i brawd, Emlyn, a'i chwaer, Megan. Achos bod Mabon yn byw mor bell i fyny'r bryn roedd e weithiau yn talu hanner ceiniog i Mam-gu, Emlyn a Megan i'w wthio fe ar hyd Stryd Margaret tuag at ei dŷ mawr crand yn St Stephen's Avenue.

Pan o'n i'n fach ro'n i'n hoffi'r stori yma achos ro'n i'n chwerthin wrth feddwl am Mam-gu, menyw fach dew gyda llond pen o wallt gwyn **cyrliog**, yn gwthio dyn mawr tew i fyny'r stryd! Do'n i ddim yn gallu credu, achos roedd Mam-gu mor fach! Roedd Tad-cu yn fach iawn hefyd. Ro'n nhw'n 5 **troedfedd** 1 **fodfedd** ac yn 5 troedfedd 3 modfedd.

Ond mae Dad yn 6 troedfedd 4 modfedd! Roedd gan Dad wallt coch cyrliog, fel Mam-gu pan oedd hi'n ifanc, ond doedd pobl ddim yn deall sut roedd dau berson mor fach wedi cael bachgen mor fawr! Roedd Dad yn hoffi dweud jôc bod y dyn llaeth yn dal iawn, jyst i weld y sioc ar wynebau pobl! Do'ch chi ddim i fod i ddweud jôcs fel yna am eich mam! Do'n i ddim yn deall y jôcs pan o'n i'n ifanc a dwedais i'r jôc yma wrth un hen fenyw yn y caffi.

'Paid ti â dweud hynna! Paid ti byth â dweud hynna eto!' gwaeddodd arna i.

'Pam?' gofynnais i, yn **ddiniwed**.

'Fy nhad i oedd y dyn llaeth!'

Aelod Seneddol – *Member of Parliament*

cyrliog – *curly*	**troedfedd** – *foot (measurement)*
modfedd – *inch*	**diniwed** – *innocent*

27

Ac fe gerddodd hi allan o'r caffi.

Pan oedd Mam-gu yn byw yn ei fflat yn Llys Seilo ro'n i'n aml yn cerdded ar draws y mynydd i'w gweld hi. Roedd hi'n daith hir i goesau bach ond roedd yn llawer o hwyl. Ro'n i'n cerdded ar draws y cae o'r fferm, i lawr ar hyd y nant y tu ôl i'r tai posh wrth dafarn y Red Cow, a chyrraedd y Swamp wedyn. Hen bwll glo oedd y Swamp ond roedd e nawr yn gae mawr **mwdlyd**, lle roedd y llwybr i ben y mynydd yn dechrau. Yr W mae pawb yn galw'r llwybr achos… mae e'n edrych fel W! Ar ôl cerdded trwy'r Swamp ro'ch chi'n dod allan ar bwys tŷ Mabon. Ro'ch chi'n gallu mynd i lawr i'r ffordd fawr y tu ôl i Eglwys San Pedr ond ro'n i'n hoffi mynd trwy'r goedwig. Ro'n i'n caru'r goedwig achos roedd y coed yn fawr iawn ac ro'ch chi'n teimlo **fel tasech chi**'n bell wrth bawb a phopeth. Ro'ch chi'n dod i lawr o'r goedwig trwy gât fach ac i'r ffordd fawr lle roedd caffi a siop sglodion Fred, ac yna yn cyrraedd Llys Seilo lle roedd Mam-gu yn byw.

Fflatiau i hen bobl oedd Llys Seilo ac ro'n nhw'n bwysig i Mam-gu achos ro'n nhw wedi cael eu hadeiladu ar hen **safle** Capel Seilo, sef hen gapel Mam-gu. Roedd ei fflat hi ar y llawr top ac yn edrych dros y cwm i gyd. Roedd hi bob amser yn eistedd ar bwys y ffenest gyda phaned o de yn ei llaw, yn edrych dros y cwm, ac yn dweud, 'Dyma'r lle perta yn y byd.'

Baswn i'n arfer dweud wrth fy ffrindiau, 'Dw i'n mynd i dŷ Mam-gu,' a basen nhw eisiau dod gyda fi bob tro. Roedd mynd i dŷ Mam-gu yn hwyl achos roedd Mam-gu yn hoffi bwydo pobl. Cyn i ni eistedd basai Mam-gu wedi gwneud paned o de a dod â

---

mwdlyd – *muddy*	**fel tasech chi** – *as if you were*
safle – *site*	

28

bisgedi i ni, losin, brechdan ham a phowlen o gawl, cyn gofyn i ni o'n ni eisiau aros i gael cinio!

Enw Tad-cu oedd Tommy, a Betty oedd enw Mam-gu. Ond roedd gan Mam-gu enw arall hefyd ar ôl un stori pan ddaeth Dad â ffrindiau adref o'r coleg. Rhoddodd hi gymaint o fwyd iddyn nhw ac roedd hi mor hapus i goginio i ffrindiau Dad, ro'n nhw'n methu dweud 'Na, dim diolch'.

Bwytaodd un o ffrindiau Dad bedwar plât o fwyd, ac ar ôl gadael y tŷ roedd e'n sâl dros y stryd i gyd! Felly, dechreuodd pawb ei galw hi'n 'Betty force-feed'!

29

6

Ein cartref cyntaf
(Tonpentre a Gelli)

Pan o'n i'n bymtheg oed gofynnodd athrawes yn Treorchy Comp i fy ffrind gorau i **gymryd rhan** mewn **sioe ffasiwn**. Doedd e ddim eisiau o gwbl ond wedyn gwelodd e'r merched a newid ei feddwl! Cerddodd e lawr y *catwalk* gyda merch fasai'n gariad iddo fe cwpwl o wythnosau wedyn. Fe wnaethon ni ffrindiau newydd gyda chriw y ferch a basen ni'n cwrdd yn ei thŷ hi yn Cemetery Road trwy'r haf y flwyddyn honno.

Roedd gan y ferch chwaer oedd weithiau'n dod mas gyda ni, a gyda'r chwaer yna baswn i'n cwympo mewn cariad **yn ddiweddarach**. Dim ond un ferch arall ro'n i wedi bod mas gyda hi cyn hyn, a dim ond am fis oedd hynny. Gorffennodd hi'r **berthynas** achos doedd hi ddim yn hoffi fy ateb i gwestiwn ofynnodd hi:

'Wyt ti'n hoffi fi, a dim ond fi, neu wyt ti'n hoffi merched eraill hefyd?' gofynnodd.

Atebais i'n onest, 'Dw i'n hoffi merched eraill hefyd, wrth gwrs! Dw i'n fachgen pymtheg mlwydd oed!'

Do'n i ddim yn dda iawn am siarad gyda merched. Ro'n i'n fachgen tew gyda gwallt coch, yn hoffi **barddoniaeth** a jazz

cymryd rhan – *to take part*	**sioe ffasiwn** – *fashion show*
yn ddiweddarach – *later*	**perthynas** – *relationship*
barddoniaeth – *poetry*	

ac yn gwisgo dillad **lliwgar**... a **gwahanol**. Do'n i ddim wedi gofyn i ferch fynd mas gyda fi o'r blaen; do'n i ddim hyd yn oed wedi gofyn i fy nghariad cyntaf. Hi ofynnodd i fi. Felly, pan o'n i eisiau gofyn i'r ferch a ddaeth wedyn yn wraig i mi, fe gymerodd hi amser hir iawn. **Safon ni** ar stepen drws ei thŷ hi am tua awr cyn i fi **fagu plwc** i ofyn i Becky:

'Wnei di fynd mas gyda fi?'

'Ok,' meddai. Roedd e mor **syml** â hynny!

Ro'n i'n hapus iawn ac fe wnes i ei chusanu hi'n gyflym. Wnes i ddim gweld ei bod hi'n **cnoi** darn o basti! Agorodd y ddau ohonon ni ein llygaid ac roedd hanner y pasti nawr yn fy ngheg i. Doedd e ddim yn gusan cyntaf **rhamantus** o gwbl! Ond nawr ry'n ni wedi bod gyda'n gilydd am dros hanner ein bywydau!

Aethon ni i ddwy **brifysgol** wahanol am bedair blynedd ond pan ddaethon ni adre **safion** ni ddigon o arian i brynu ein tŷ cyntaf. Ro'n ni eisiau tŷ yn y Rhondda, ond roedd tai Treorci yn rhy **ddrud** i ni. Edrychon ni ar lawer o dai yn ffenestri **gwerthwyr tai** ar ffordd fawr Treorci a gartref ar y cyfrifiadur, ac aethon ni i weld llawer o dai hefyd – tri yng Nghwm-parc, un ym Mlaenrhondda a dau yn Nhonpentre.

Buon ni'n edrych am amser hir. Ar ôl blwyddyn ro'n ni'n dechrau mynd yn flin gyda'n gilydd achos do'n ni ddim yn

lliwgar – *colourful*	**gwahanol** – *different*
safon ni – *we stood*	**magu plwc** – *to pluck up courage*
syml – *simple*	**cnoi** – *to chew, to bite*
rhamantus – *romantic*	**prifysgol** – *university*
safio – *to save*	**drud** – *expensive*
gwerthwyr tai – *estate agents*	

31

gallu ffeindio un tŷ roedd y ddau ohonon ni'n ei hoffi. Ro'n ni newydd adael un tŷ roedd fy ngwraig yn ei hoffi, ond roedd e mor fach do'n i ddim yn ffitio i mewn trwy'r drws! Ro'n i bron â dechrau gweiddi pan ddwedodd y fenyw oedd yn dangos y tŷ i ni:

'Plis peidiwch cwympo mas, mae gen i un tŷ arall. Chi fydd y cyntaf i'w weld e. Mae e yn Stanley Road yn Gelli.'

Roedd Gelli yn bellach i ffwrdd na'r llefydd eraill ro'n ni wedi bod yn edrych ond **cytunon** ni i fynd, dim ond i stopio gweiddi ar ein gilydd.

Roedd y tŷ ar bwys y ffordd fawr ond pan gerddon ni i mewn ro'n i'n gallu ffitio trwy'r drws, felly ro'n i'n hapus! Dim ond tri peth oedd yn y tŷ – hanner botel o bort, soffa fawr goch a phac o gardiau chwarae gyda menywod heb ddillad! Dechreuon ni chwerthin a symudon ni i mewn i'r tŷ ychydig o fisoedd wedyn.

Ro'n i'n hapus iawn i symud i dŷ ar stryd yn lle fferm achos ro'n i'n gallu cael papur newydd yn syth i'r tŷ bob bore ac yn gallu siarad gyda'r cymdogion dros wal yr **ardd gefn**. Ond fe wnaeth hi gymryd amser hir i fi newid o fyw ar y mynydd i fyw ar stryd o dai teras. Roedd y goleuadau stryd, y ceir yn pasio a phobl yn cerdded heibio yn hwyr yn y nos yn fy stopio i rhag cysgu. Roedd fy ngwraig wedi arfer gyda hynny ac roedd hi'n chwerthin arna i'n cael ofn plant yn pasio'r ffenest ar sgwter! Roedd e'n swnio fel trên yn dod trwy'r ffenest!

Am yr wythnos gyntaf doedd dim cadeiriau, bwrdd, teledu, radio na thrydan. Fe waethon ni beintio a **phapuro**'r ystafelloedd

---

cytuno – *to agree*   **gardd gefn** – *back garden*

papuro – *to paper (a wall)*

33

i gyd, gan ganu a dawnsio'n hapus. Cyn bo hir roedd y tŷ wedi troi'n gartref, ac ro'n ni'n hapus iawn yno am bedair blynedd cyn symud yn ôl i Dreorci.

7

Y Twpsyn a'r Cabin
(Ystrad a Llwynypia)

Mae Ystrad yn bentref hir a syth, rhwng Pentre a Llwynypia. Mae'r ffordd yn troi yn y canol i fynd i fyny'r bryn hir, serth i Ben-rhys ac yna i lawr i Tylorstown. I lawr o brif ffordd Ystrad mae canolfan chwaraeon. Dyna ble mae pawb yn y Rhondda yn mynd i chwarae a gwylio pêl-fasged a phêl-droed 5 bob ochr ac i nofio. Hefyd mae lle i chwarae bowls, cae criced a pharc Gelli Galed, lle mae tîm rygbi Ystrad Rhondda yn chwarae.

Roedd llawer o bobl yn dod i wylio tîm menywod y Rhondda Rebels yn chwarae pêl-fasged yn y ddwy ganolfan chwaraeon yn Ystrad ac yn Tylorstown. Enillon nhw nifer o **gystadlaethau** yn y 1990au a'r 2000au. Ro'n i'n arfer mynd i'w **cefnogi** nhw gyda Mam a Dad a fy mrawd bob penwythnos, a chwarae ar y **cwrt** yn ystod hanner amser gyda'r tîm **ieuenctid**.

Pan o'n i'n ifanc ro'n i'n chwarae dau fath o chwaraeon – rygbi a phêl-fasged. Roedd fy wythnos i'n **llawn dop**! Ro'n i'n ymarfer gyda thîm rygbi'r ysgol ar nos Lun a thîm Treorci ar nos Fercher. Roedd ymarfer tîm rygbi'r Rhondda bob dydd Mawrth a dydd Iau ar ôl ysgol, a'r ymarfer pêl-fasged ar yr un noson ar ôl te. Wedyn roedd y gemau rygbi bob bore Sadwrn a bore dydd

twpsyn – *fool, stupid person*	**cystadlaethau** – *competitions*
cefnogi – *to support*	**cwrt** – *court (sport)*
ieuenctid – *youth*	**llawn dop** – *completely full*

Sul, a phêl-fasged ar brynhawn dydd Sadwrn. Ro'n i'n ffit ond, **rywsut**, ro'n i'n dal yn dew!

Trwy chwarae llawer o rygbi a phêl-fasged fe ges i ddamweiniau, felly ro'n i'n gorfod mynd i'r ysbyty yn aml. Roedd Ysbyty Cwm Rhondda yn Llwynypia, y pentref drws nesa i Ystrad. Mae ysbyty newydd sbon yna nawr ond roedd yr hen ysbyty ar ochr y mynydd o dan bentref Pen-rhys. Mae'r hen un wedi cael ei **ddymchwel** achos roedd yr adeilad wedi dechrau mynd yn beryglus. Ro'n nhw'n galw'r hen ysbyty yn Cabin, achos roedd yn edrych fel hen sied. Ond dych chi ddim eisiau ysbyty sydd yn edrych fel sied!

Dw i'n cofio mynd i'r Cabin ar ôl llawer o ddamweiniau chwaraeon ond dw i'n cofio mynd yna ar ôl damweiniau eraill hefyd. Torrais i fy *coccyx* pan dynnodd rhywun y gadair o dan fy mhen-ôl yn yr ysgol, ac ro'n i bron â cholli llygad ar ôl **bwrw** i mewn i goeden yn y goedwig; torrais i fys bach yn neidio dros ffens, torri llaw ar ôl bwrw pen caled mewn gêm rygbi, a thorri fy nhroed ar ôl cicio wal yn lle cicio pêl! Dw i wedi torri pymtheg **asgwrn** yn fy **nghorff**, ond y ddamwain wnaeth **frifo** fwyaf oedd yr un pan wnes i rywbeth roedd Mam a Dad wedi fy **rhybuddio** i beidio â'i wneud.

Ro'n i'n hoffi dringo. Roedd Dad yn mynd â fi a fy ffrindiau i Ganolfan Ddringo Cymru weithiau, yn Nelson. Basen nhw'n ein dysgu ni sut i ddringo a sut i ddod i lawr yn ofalus. Ond roedd hi'n dipyn o daith i Nelson ac ro'n i eisiau dringo o hyd. Ar ben

rhywsut – *somehow*	**dymchwel** – *to demolish*
bwrw – *to knock, to hit*	**asgwrn** – *bone*
corff – *body*	**brifo** – *to hurt*
rhybuddio – *to warn*	

y mynydd mae dwy **chwarel** oedd yn berffaith ar gyfer ymarfer dringo.

Dwedodd Dad wrtha i, 'Paid byth â dringo yn y chwarel, mae'n beryglus iawn ac mae'r creigiau yn gallu cwympo.' Ond ro'n i eisiau dringo, wrth gwrs…

Es i a fy ffrindiau i'r chwarel un diwrnod a dringo trwy'r prynhawn, ond ro'n i eisiau dringo yn uchel. Dringais i dop y chwarel cyn neidio ar un graig ac yna, fe wnaeth y garreg ro'n i'n hongian arni gwympo. Do, cwympais yr holl ffordd i lawr a glanio ar fy mraich. Ro'n i mewn poen ofnadwy ond do'n i ddim yn gallu dweud wrth Dad ble ro'n i wedi bod, felly roedd yn rhaid dweud stori fach!

'Ro'n i'n cerdded ar y mynydd ac fe glywais i sŵn bach. Edrychais i fyny'r goeden a gweld… yyyym… **wiwer** oedd ddim yn gallu dod i lawr. Felly, dringais i helpu, ond neidiodd y wiwer arna i ac fe gwympais i!'

Aeth Dad â fi i'r ysbyty. Gofynnodd y nyrs sut ro'n i wedi brifo fy mraich, a dwedodd Dad,

'Mae'r twpsyn **dwl** wedi bod yn dringo yn y chwarel eto!'

---

chwarel – *quarry*   **gwiwer** – *squirrel*

dwl – *stupid*

37

8

Eliffanto a winwns ffermwr Trealaw (Trealaw a Dinas)

Mae pentref Trealaw yn uchel ar ochr y Rhondda Fawr ac yn edrych draw ar bentref bach o'r enw Dinas a thref fawr Tonypandy. Mae Trealaw yn un pentref hir iawn ac un stryd fawr yn mynd yr holl ffordd i lawr i sgwâr y Porth ac o dan y bont fawr newydd. Mae Dinas yn rhedeg ar hyd gwaelod Trealaw ar ochr arall yr afon. Os dych chi'n sefyll yng ngardd gefn y tai yn Nhrealaw dych chi'n gallu gweld i lawr dros gae pêl-droed Dinas, y fflatiau tal a'r hen ffatrïocdd sydd nawr yn siopau. Hefyd yn Dinas mae **Tîm Achub Pyllau Glo De Cymru**, sydd yn **hyfforddi** pobl yr ardal i ddysgu **Cymorth Cyntaf**.

Mae dau le pwysig yn Nhrealaw: y **fynwent** a'r ysgol. Y fynwent hon oedd un o'r mynwentydd cyntaf yn y Rhondda ac mae wedi cael ei hadeiladu yr un peth â'r strydoedd, mewn llinellau syth. Mae dros 90,000 o bobl wedi cael eu **claddu** yna ers i'r fynwent agor. Mae **bedd** dyn enwog iawn yn hanes Cymraeg

winwns – *onions*	
Tîm Achub Pyllau Glo De Cymru – *South Wales Mines Rescue Team*	
hyfforddi – *to train*	**Cymorth Cyntaf** – *First Aid*
mynwent/mynwentydd – *cemetery/cemeteries*	
claddu – *to bury*	**bedd** – *grave*

39

Cwm Rhondda yn y fynwent. Roedd Kitchener 'Kitch' Davies yn **awdur** ac yn **fardd** ac roedd e'n byw gyferbyn â'r fynwent. Symudodd Kitch i'r cwm pan oedd e'n ddyn ifanc ac roedd e'n gweithio'n galed i gael ysgol gynradd Gymraeg yn Ynyswen yn y 1950au. Kitch hefyd oedd **aelod** cyntaf Plaid Cymru yn y Rhondda.

Ar bwys y fynwent mae Ysgol y Porth. Ysgol gyfun Saesneg yw hi heddiw ond Porth County Grammar School oedd hi. Dyma ble roedd y plant yn mynd tasen nhw'n pasio eu harholiadau 11+. Roedd plant yn teithio o bell i ddod i'r ysgol. Aeth Dad i Porth County yn y 1960au ac roedd Mam-gu mor hapus pan ddwedodd Dad ei fod e wedi pasio ei 11+, dwedodd hi wrth bawb yn strydoedd Upper a Lower Alma!

Mae gan Dad lun yn y tŷ **ohono fe** yn fachgen yn aros i ddal y bws o Bentre i Drealaw a dyw e ddim yn edrych yn hapus o gwbl. Doedd e ddim yn hapus achos roedd rhaid iddo fe wisgo dillad ysgol posh. Yn y llun mae e'n gwisgo cap bach, trowsus byr, bag *satchel* a **chot ysgafn**. Dwedodd Dad ei fod e'n teimlo fel Little Lord Fauntleroy, ond ddaeth e ddim adref yn edrych fel yna achos cyn iddo fe gyrraedd yr ysgol, roedd rhywun wedi taflu ei gap allan drwy'r ffenest!

Mae'r ysgol yn uchel ar ochr y mynydd ac roedd yn agos iawn at fferm. Roedd Dad yn hoffi'r fferm yma achos roedd hi yng nghanol y ddau gwm. Ro'ch chi'n gallu gweld y Rhondda Fawr a'r Rhondda Fach a'r ffordd allan o'r cwm i Bontypridd. Felly roedd Dad a'i ffrindiau yn **dianc** weithiau ac yn dringo dros y

awdur – *author*	**bardd** – *bard, poet*
aelod – *member*	**ohono fe** – *of him*
cot ysgafn – *blazer*	**dianc** – *to escape*

40

wal i fynd i'r fferm. Ond doedd y ffermwr ddim yn hoffi'r plant ysgol yn rhedeg yn y caeau, felly weithiau, pan oedd Dad a'i ffrindiau yn cerdded yn dawel ar draws y cae, roedd y ffermwr yn neidio allan ac yn dechrau gweiddi a thaflu winwns atyn nhw. Dwedodd Dad fod hyn wedi ei helpu fe i fod yn chwaraewr rygbi da achos roedd e'n trio peidio cael ei fwrw gan y winwns, ac yn eu dal nhw a'u taflu yn ôl at y ffermwr. Ond pan oedd hyn yn digwydd roedd yr athrawon yn gwybod pwy oedd wedi bod yn colli gwersi a mynd i'r fferm, achos ro'n nhw'n drewi o winwns!

Fel fi, roedd Dad yn fachgen bach tew a phan ddechreuodd yn Ysgol y Porth roedd y plant eraill yn ei alw fe'n Eliffanto. **Penderfynodd** Dad **golli pwysau** a dechrau chwarae rygbi. Chwaraeodd e dros yr ysgol ond roedd e wir eisiau chwarae dros dîm Bechgyn Ysgolion Cymru.

Roedd Dad yn dda yn yr ysgol ac roedd yr athrawon eisiau iddo fe fynd i'r brifysgol, ond doedd e ddim eisiau. Roedd Dad eisiau chwarae rygbi a gwneud rhywbeth ym myd chwaraeon, felly ddarllenodd e ddim un llyfr ar gyfer ei arholiadau ac fe gafodd e **raddau** U, F ac F yn ei Lefel A! Roedd rhaid i Dad aros yn yr ysgol am flwyddyn arall i wneud yr arholiadau eto, ond roedd e hefyd yn gallu trio am gap Bechgyn Ysgolion Cymru, ac fe gafodd e un cap! Ar ôl gorffen ei arholiadau aeth i Goleg y Barri i ddysgu i fod yn athro Celf.

Dyna ble gwrddodd Dad a Mam, a tasai e ddim wedi trio am y cap rygbi fasen nhw ddim wedi cwrdd, a faswn i ddim yma heddiw!

---

penderfynu – *to decide*   **colli pwysau** – *to lose weight*

graddau – *grades*

41

9

Fy swydd gyntaf a chŵn Clydach
(Clydach a Blaenclydach)

Fy swydd gyntaf oedd gweithio mewn siop **ddrysau**. Roedd y siop yng Nghaerdydd ond roedd pawb oedd yn gweithio yna yn dod o'r Rhondda Fawr. Roedd Dad wedi dysgu **perchennog** y siop yn y 1970au ac fel diolch am hynny, daeth draw i'r fferm pan o'n i'n 17 oed a **chynnig** swydd i fi. Ro'n i'n cael lifft i'r gwaith yn gynnar bob bore Sadwrn, a baswn i'n helpu i lenwi'r fan gyda drysau o'r **storfa**, yna'n mynd am frecwast cyn cyrraedd y siop am naw o'r gloch.

Roedd tri yn gweithio yn y siop – fi yn siarad gyda'r **cwsmeriaid**, un yn ffitio'r **gwydr** i mewn i'r drysau, a'r perchennog. Hefyd roedd gyrrwr y fan a dau **saer** yn dod i mewn tua dwy waith y dydd.

Fe ddysgais i lawer yn y siop dros y blynyddoedd. Ro'n i'n dda yn siarad gyda chwsmeriaid a dysgais i un peth yn gyflym: dydy pobl sy'n siarad am faint o arian sydd gyda nhw ddim eisiau

swydd – *job*	**drws/drysau** – *door(s)*
perchennog/perchnogion – *owner(s)*	**cynnig** – *to offer*
storfa – *warehouse*	**cwsmeriaid** – *customers*
gwydr – *glass*	**saer** – *carpenter*

43

gwario arian, ac maen nhw bob tro eisiau siarad gyda'r 'man in charge'!

Dw i'n cofio un tro daeth menyw i mewn yn gwisgo **cot ffwr**. Gwthiodd fi'n galed a mynd at y cownter. Doedd y bois eraill yn y siop ddim yn ei hoffi hi achos roedd hi wedi bod yn y siop o'r blaen.

'Boy, come here!' dwedodd hi wrth un o'r dynion. Roedd y dyn yn edrych fel petai e mewn sioc. 'Boy?' Roedd e'n 62 mlwydd oed!

'My husband always demands a good deal and I expect the same!' meddai wrth y 'boy'.

'Oh, I'm terribly sorry, Mrs, I'll deal with you straight away,' dwedodd e, a dechrau ysgrifennu rhywbeth ar bapur.

Ond pan ddangosodd e'r papur iddi, cwympodd ei cheg ar agor ac fe wnaeth hi adael y siop yn gyflym, gan slamio'r drws. Roedd e wedi tynnu llun map i siop Hyper Value rownd y gornel!

Un tro arall fe wnaeth dyn barcio ei Rolls Royce tu allan i'r siop a cherdded i mewn yn gwisgo siwt grand gyda blodyn yn y boced. Roedd e'n siarad yn posh iawn ond doedd e ddim yn gwybod dim byd am Gymru. Dechreuodd e ofyn cwestiynau am ble ro'n ni'n byw, felly fe benderfynon ni chwarae tric ar y dyn yn y siwt a gwneud storïau twp am y Rhondda. Dwedon ni fod pob un yn y Rhondda yn byw **dan ddaear**; dim ond un car oedd ym mhob pentref; roedd rhaid i bob plentyn chwarae rygbi cyn gallu dechrau yn yr ysgol, ac os nad oedd plentyn yn gallu canu ro'n nhw'n gorfod mynd i'r ysgol yn Lloegr.

---

gwario – *to spend*   **cot ffwr** – *fur coat*

dan ddaear – *underground*

'Fascinating!' meddai'r dyn. 'I had no idea how Welsh people lived.'

Deallodd ein bod ni'n chwarae tric arno ar ôl i ni ddweud bod Barry Island wedi cael ei henwi ar ôl y chwaraewr rygbi Barry John.

Un haf roedd y perchennog wedi troi'r storfa yn Nhonpentre yn siop ac roedd e eisiau i ni gael diwrnod **bant** o weithio yn y siop i bostio taflenni ar hyd strydoedd y Rhondda. Roedd Gelli, Ystrad a Llwynypia wedi cael taflenni yn barod. Ro'n i'n gorfod gwneud tai Clydach achos fi oedd yr **ifanca** yn y siop. Mae'r tai yng Nghlydach yn mynd lan a lan a lan nes dych chi bron â chyrraedd yr haul. Maen nhw'n dweud bod pawb sydd yn byw yng Nghlydach ag un goes **yn llai na'r llall** achos maen nhw'n cerdded ar strydoedd mor serth bob dydd. Adeiladon nhw gae rhedeg yng Nghlydach, Cae Athletau Cambrian, achos doedd y bobl ddim ond yn gallu rhedeg rownd a rownd mewn **cylch**!

Mae dau **lyn** yng Nghlydach, un ar bwys y cae athletau a'r llall ar bwys y goedwig ar ben y mynydd. Dylwn i fod wedi dechrau wrth y llyn ar y top a gorffen wrth y llyn ar y gwaelod, ond wnaeth y fan stopio wrth y cae rhedeg ac roedd yn rhaid i fi gerdded *i fyny*. Ar ôl pump awr ro'n i bron â marw! Roedd grisiau i bob tŷ ac roedd ci ym mhob gardd yn rhedeg ar fy ôl i ac yn trio cnoi fy nhrowsus! Hefyd, roedd hi mor boeth erbyn canol dydd wnes i **losgi** fy mhen ac roedd syched mawr arna i!

Stopiais i am ddiod yn nhafarn y Bush hanner ffordd lan.

bant – *away, off*	**ifanca** – *youngest*
yn llai na'r llall – *smaller than the other*	
cylch – *circle, round*	**llyn** – *lake*
llosgi – *to burn*	

45

Roedd y Bush yn hen ffasiwn – roedd *spitoon* ar y llawr gyda dŵr brown ynddo, ac roedd **blawd llif** dros y llawr i gyd. Doedd dim llawer o bobl yno ar brynhawn dydd Gwener ond pan gerddais i mewn, edrychodd pob un yn y dafarn arna i. Ro'n i wedi blino'n lân a doedd dim ots gen i; es i'n syth at y bar a gofyn am beint o **seidr** oer. Pwyntiodd y dyn y tu ôl i'r bar at boster ar y wal oedd yn dweud bod *dress code* gyda nhw. Ro'n i'n meddwl taw jôc oedd hyn ond wedyn pwyntiodd at fy nhrowsus. Roedd ci wedi neidio arna i ac wedi cnoi twll mawr yn fy nhrowsus! Ro'n i mor boeth ro'n i'n falch o'r drafft! Dechreuodd pawb yn y dafarn chwerthin a phrynodd rhywun y peint i fi a dweud, 'Mae angen peint arnat ti!'

blawd llif – *sawdust*   **seidr** – *cider*

Prynu fy CD cyntaf
(Tonypandy a Phen-y-graig)

Yn fachgen ifanc yn y cwm, ro'n i'n mynd ar fy meic i bob man. Achos 'mod i ar gefn y beic trwy'r amser roedd y beic yn torri weithiau a baswn i'n gorfod mynd i'r siop feiciau yn Nhreorci i nôl **olwyn**, pwmp neu frêcs newydd. Ar ôl gofyn am arian i brynu fy ail olwyn newydd mewn mis, dwedodd Mam fod angen i fi ennill mwy o arian na fy £3 o arian poced.

Un Nadolig ges i lyfr am bethau mae bachgen ifanc yn gallu eu gwneud i ennill arian poced. 'Bob-a-job' oedd un – golchi **ceir**, torri **gwair** neu fynd i siopa dros rywun. Pan o'n i'n naw oed do'n i ddim yn dda iawn am olchi ceir, do'n i ddim wedi torri gwair o'r blaen ond ro'n i wedi bod yn siopa.

Fe wnes i boster **dwyieithog** a'i roi e yn y caffi lleol a rhoi bocs bach gyda 25 carden yn y bocs gyda fy enw, cost a rhif ffôn y tŷ:

Siôn y Siopwr 1, 2, 3, am 50c fe wna i siopa i chi!

Ac ar ochr arall y garden:

Siôn the Shopper 1, 2, 3, I'll do your shopping for 50p!

Ar ôl dau ddiwrnod doedd dim cardiau ar ôl yn y bocs! **Arhosais** ar bwys y ffôn yn barod i ateb,

'Helô, Siôn y Siopwr, sut alla i helpu chi?!'

olwyn – *wheel*	**ceir** – *cars*
gwair – *grass*	**dwyieithog** – *bilingual*
arhosais – *I waited*	

Ond ffoniodd neb.

Tair wythnos wedyn gwaeddodd Mam lan y grisiau a dweud bod rhywun o'r enw Mrs Jenkins ar y ffôn i fi!

Roedd Mrs Jenkins yn byw yn Heol Glyncolli yn y tŷ roedd hi wedi byw ynddo erioed. Roedd hi'n un o bymtheg o blant ac fe wnaeth pedwar ohonyn nhw, a hi, fyw'n dros 100 oed! Fe wnes i siopa i Mrs Jenkins bob dydd Mercher ar ôl ysgol am dros ddeg mlynedd ac ro'n ni'n ffrindiau da iawn. Roedd hi'n caru darllen a rygbi, a basen ni'n siarad am amser hir am y gemau dros y penwythnos ac am y llyfr roedd hi wedi ei ddarllen o'r llyfrgell.

Ro'n i'n rhoi £1 yn y **cadw-mi-gei** bob tro baswn i'n siopa i Mrs Jenkins. Un diwrnod ro'n i'n gwrando ar y radio ac yn clywed bod CD newydd allan o'r enw *50 Number 1s of the 60s*. Ro'n i'n caru gwrando ar hen LPs Dad o'r 60au ond roedd y chwaraewr LPs wedi torri, ac roedd Dad wedi prynu chwaraewr CDs newydd. Felly penderfynais i fynd â £16.99 o'r cadw-mi-gei i brynu'r CD.

I Woolworths Tonypandy roedd pawb yn mynd i brynu CDs a fideos yng Nghwm Rhondda. Roedd plant y cwm yn mynd i Woolworths ar ôl pen-blwydd neu wedi'r Nadolig i brynu teganau a *pic 'n' mix*. Mae Tonypandy tua hanner ffordd i lawr y Rhondda Fawr ac roedd yn arfer bod yn bentref prysur iawn. Mae stryd fawr Tonypandy yn mynd yr holl ffordd trwy ganol y pentref i Ben-y-graig. Mae'r strydoedd o Donypandy yn mynd yn syth i fyny'r mynydd tuag at Gwm Clydach. Ar ben mynydd Clydach mae llwybr beiciau sydd yn mynd ar draws y mynydd i'r Bwlch yng Nghwm-parc, a dyma'r ffordd es i i brynu fy CD cyntaf.

---

cadw-mi-gei – *piggy bank*

49

Fe wnaeth Mam yrru Dad a fi i ben y mynydd gyda'n beiciau (achos bod y llwybr yn hir doedd Dad ddim yn meddwl baswn i'n gallu reidio lan y Bwlch!), ac yna reidion ni i Donypandy. Roedd hi'n ddiwrnod braf ac ro'n ni'n gallu gweld i lawr i Borthcawl ac ar draws i Weston-super-Mare cyn i ni ddechrau reidio i mewn i'r goedwig. Roedd y ffordd i lawr i Glydach yn llawn cerrig mawr ac roedd hi'n anodd iawn reidio heb gwympo oddi ar y beic! Ar ôl cyrraedd Tonypandy roedd Dad a fi'n teimlo bod ein dannedd yn mynd i gwympo mas! Cyrhaeddon ni Woolworths ac fe brynais i'r CD newydd sbon ac ar y **blaen** roedd llun Tom Jones, oedd wedi cael ei eni dim ond pum milltir o Donypandy yn Nhrefforest!

Roedd y fenyw yn y siop wedi rhoi y CD mewn bag ond dwedais i, 'Na, dim diolch.' Ro'n i mor gyffrous am y CD ro'n i eisiau ei ddal e wrth reidio adref. Edrychodd Dad arna i a dweud,

'Bydd dy law di'n brifo yn cario'r CD yr holl ffordd adref. Rhaid i ti gael bag.'

Ond dwedais i na eto.

'Ti'n mynd i ddal y CD yna o fan hyn i fyny ffordd fawr Tonypandy, trwy goedwig Llwynypia, rownd Gelli a Thonpentre, dros fynydd Maendy i Gwm-parc nes cyrraedd Treorci a 'nôl lan i fferm Glyncolli?'

'Ydw,' dwedais.

'Iawn,' meddai Dad. 'Dysga di'r ffordd galed, 'te!'

Roedd Dad yn iawn – roedd fy llaw wedi dechrau brifo cyn gadael Llwynypia! Ond do'n i ddim eisiau dweud wrtho fe, felly ro'n i wedi rhoi'r CD yn fy ngheg. Erbyn cyrraedd adref, do'n i

---

blaen – *front*

50

51

ddim yn gallu symud fy ngheg, a do'n i ddim yn gallu cael y CD allan. Roedd e'n... **sownd** yn fy ngheg! Ro'n i wedi reidio mor galed ro'n i wedi cael *lockjaw*!

Fe wnaethon ni gael y CD allan yn y diwedd ond roedd e wedi cracio cyn i fi wrando arno, a do'n i ddim yn gallu siarad yn iawn am dri diwrnod.

Digon o amser i fi wybod 'mod i'n dwp!

sownd – *stuck*

11
Y bws i Ysgol y Cymer
(Y Cymer a Threbanog)

Ynyswen oedd yr ysgol gynradd Gymraeg gyntaf yn y cwm ond y Cymer oedd yr **ysgol gyfun** Gymraeg gyntaf. Roedd rhai o blant y cwm yn teithio dwy awr bob ffordd i fynd i Ysgol Llanhari **ger** Pontyclun neu i Rydfelen ger Trefforest cyn i Ysgol Gyfun Cymer Rhondda agor yn 1988.

Mae'r ysgol i fyny ar ochr y mynydd, yn edrych ar draws y Porth ac i lawr at Drehafod a Phontypridd. I gyrraedd yr ysgol mae'n rhaid teithio ar y ffordd sy'n mynd dros ben y mynydd i Drebanog ac i lawr i Donyrefail. Pan dych chi'n ifanc dych chi ddim yn gweld pa mor hyfryd yw'r olygfa o'r ysgol, ond ro'n i wastad yn hoffi edrych allan drwy'r ffenest pan o'n i yn yr ysgol!

Roedd y **teithiau** bws yn lot o hwyl. Ro'n i'n lwcus achos roedd fy nhŷ rhwng dau stop bws. Os o'n i'n gynnar ro'n i'n mynd i aros am y bws ar bwys y Prince of Wales – stop cyntaf y bws o Dreorci i Ystrad. Ond os o'n i'n troi'r gornel a doedd dim plant yn aros ro'n i'n gallu rhedeg i ddal y bws lan ar bwys y Cardiff Arms, stop olaf bws Treherbert. Os o'n i ar fws y Prince ro'n i'n gallu **dewis** ble i eistedd ond ar fws yr Arms roedd yn rhaid eistedd **ble bynnag** roedd sedd wag, neu sefyll yr holl ffordd. Roedd dros bum milltir i'r ysgol ac roedd yn **para** tua

ysgol gyfun – *secondary school*	**ger** – *near, close to*
teithiau – *trips*	**dewis** – *to choose*
ble bynnag – *wherever*	**para** – *to last*

45 munud, ac roedd rhan olaf y daith yn lot o hwyl. Hen *double decker* oedd ein bws ysgol ac roedd yn torri i lawr yn aml iawn. Weithiau doedd y bws ddim yn gallu dringo'r bryn i fyny i'r ysgol ac un tro yn y gaeaf, dechreuodd e **lithro**'n ôl i lawr y bryn!

llithro – *to slip, to slide*

54

Ro'n ni'n canu ac yn chwarae gemau ar y bws – caneuon **doniol** yn **gwneud hwyl am ben** y gyrwyr a gemau twp fel Corneli. Pan oedd y bws yn mynd rownd cornel roedd pawb yn trio rhedeg i un ochr i weld a fasai'r bws yn cwympo drosodd. Un tro, gwthiodd pawb i mewn i un gornel ac fe gwympodd y ffenest mas. Roedd rhaid dal un bachgen oedd yn hongian allan o'r twll yn y ffenest! **Fel dwedais i**, roedd rhai o'r gemau yn dwp iawn.

Fel arfer ro'n i'n gwrando ar **gerddoriaeth** ar fy **nghlustffonau** ac yn darllen, ond hefyd ro'n i'n gwneud gwaith cartref, neu waith celf. Dw i'n cofio taw un prosiect celf oedd creu **baner** Cymru a gwnes i faner allan o **wlân**. Doedd dim un o fy ffrindiau eisiau eistedd gyda fi pan o'n i'n gwneud hyn achos roedd y bechgyn yn y sedd gefn yn taflu boteli plastig at fy mhen! Ond casglais i'r boteli i gyd a gwneud draig gyda nhw!

Fe ges i stŵr gan y gyrrwr sawl gwaith. Un waith, ar ôl dangos i ffrind sut i wneud cic carate, saethodd fy **esgid** allan o'r ffenest. Dro arall ro'n i'n fflicio bandiau elastig a bwrodd un sedd y gyrrwr. Ond nid fy **mai** i oedd e, wrth gwrs!

Un diwrnod ro'n i'n teimlo'n dost ac ar ôl peswch ro'n i bron yn sâl, felly sefais i ar fy nhraed i **chwydu** allan drwy'r ffenest. Fe wnaeth fy ffrind drio fy stopio i ond fe chwydais i, ac eistedd i lawr wedyn. Clywais weiddi mawr o gefn y bws. Edrychais yn ôl a gweld bod y sic wedi mynd dros y bechgyn yn y sedd gefn!

doniol – *funny*	**gwneud hwyl am ben** – *to make fun of*
fel dwedais i – *as I said*	**cerddoriaeth** – *music*
clustffonau – *earphones*	**baner** – *flag*
gwlân – *wool*	**esgid** – *shoe*
bai – *fault*	**chwydu** – *to vomit, to be sick*

Daeth pob bachgen yn ei dro i fy mwrw i, un ar ôl y llall, tan i'r gyrrwr stopio'r bws a fy nhaflu i allan am wneud **llanast**!

Er fy mod i **mewn trwbl** drwy'r amser, ro'n i'n **brif fachgen** erbyn y chweched dosbarth ac fe es i'n ôl i weithio yn yr ysgol pan o'n i'n **hŷn**. Doedd yr hen fysiau *double decker* ddim yn mynd pan es i'n ôl i'r Cymer i weithio, ond roedd y gyrwyr bws yn dal i 'nghofio i!

llanast – *mess*   **mewn trwbl** – *in trouble*

prif fachgen – *head boy*   **hŷn** – *older*

56

Y clwb snwcer a pheli oer (Y Porth, Llwyncelyn a Threhafod)

Pan o'ch chi'n cyrraedd y chweched dosbarth yn Ysgol y Cymer ro'ch chi'n cael gadael yr ysgol amser cinio. Dim ond dwy siop, siop sglodion a salon torri gwallt oedd yn y Cymer pan o'n i yn yr ysgol, ond tasech chi'n cerdded yr holl ffordd i lawr y bryn ro'ch chi yng nghanol y siopau yn Stryd Hannah, y Porth.

Y siop fwyaf oedd yr un ar y bont, Square Deal Stores, siop oedd yn gwerthu popeth – esgidiau, paent a goleuadau, clociau, cadeiriau a setiau teledu. Ar gornel stryd roedd y siop torri gwallt Triangle... achos bod y siop ar siâp **triongl**! Dros y **groesfan sebra** roedd Bacchetta's, y caffi **Eidalaidd**, a chaffi Empire, lle gallech chi gael lasagne am 9:30 y borc! Yna i lawr y ffordd ar y dde, cyn yr orsaf drên, roedd Stryd Hannah – un stryd hir yn llawn siopau. Roedd Woolworths drws nesaf i'r Bingo, siopau **gemwaith**, siopau anifeiliaid anwes, siopau llysiau a **ffrwythau** a thafarnau, a reit yn y canol roedd yna glwb snwcer. Dyma lle roedd bechgyn Chweched y Cymer yn dod i **fyncio** gwersi.

Ro'n ni'n mynd yna achos fasai neb yn gallu ein ffeindio ni – dim ond drws bach oedd o'r stryd ac i fyny'r grisiau i'r clwb.

triongl – *triangle*	**croesfan sebra** – *zebra crossing*
Eidalaidd – *Italian*	**gemwaith** – *jewellery*
ffrwythau – *fruit*	**byncio** – *to bunk off, to mitch*

Roedd y lle fel set *film noir*, yn goch a du a llawn **mwg** sigaréts, gyda dynion yn eistedd mewn corneli yn yfed yn dawel ac yn darllen papurau newydd. Yn yr ystafell fawr roedd chwech bwrdd snwcer, a'r goleuadau **uwchben** y byrddau oedd yr unig olau yn yr ystafell. Roedd e'n edrych mor cŵl.

Dysgodd rhai o'r bechgyn sut i **regi** yn y clwb yma, wrth wrando ar yr hen ddynion yn dweud storïau doniol, ac yma yfodd y rhan fwyaf ohonon ni ein cwrw cyntaf! Fe wnaeth llawer ohonon ni ein gwaith cwrs Lefel A ac ennill bet neu ddwy wrth chwarae 'Killer' o dan oleuadau clwb snwcer Stryd Hannah. Yn Saesneg, *den of iniquity* mae rhai yn galw lle fel hwn, ond ail gartref ro'n ni'n ei alw fe!

Roedd llefydd eraill i fyncio hefyd. Roedd rhai yn mynd i fyny i gae rygbi'r Porth yn Llwyncelyn sydd ar hen dip glo. Roedd eraill yn mynd i lawr i Drehafod i **Barc Treftadaeth y Rhondda**. Dyma un o'r llefydd mwyaf enwog yn y Rhondda, a'r peth cyntaf mae pobl yn ei weld pan maen nhw'n gyrru i fyny i'r cwm o Bontypridd yw'r olwyn fawr goch sydd yn y Parc Treftadaeth.

I lawr y ffordd o Drehafod mae **Parc Gwledig** Barry Sidings. Mae'r parc yn lle hyfryd i gerdded, gyda llwybrau i fyny'r mynydd, llyn bach a pharc chwarae. Ro'n i'n mynd i'r parc beiciau yma gyda fy mrawd a fy nhad. Cafodd ein hanthem 'Hen Wlad fy Nhadau' ei hysgrifennu gan James James ac Evan James wrth gerdded ar hyd yr afon yn y rhan yma o'r Rhondda.

---

mwg – *smoke* **uwchben** – *above*

rhegi – *to swear*

Parc Treftadaeth y Rhondda – *Rhondda Heritage Park*

parc gwledig – *country park*

58

Roedd Daniel, fy mrawd, a fi yn herio ein gilydd i wneud triciau ar ein beiciau yn y parc. Ro'n i wedi neidio o un ramp i'r llall ac roedd e wedi mynd i lawr yr *halfpipe*. Ro'n i wedi neidio o'r beic a gadael i'r beic grasio ar y gwair ac roedd e wedi gwneud *wheelie* am dair eiliad. Roedd e'n barc bendigedig.

Un diwrnod oer iawn roedd y llyn wedi rhewi. Roedd y parc beiciau wedi rhewi hefyd, felly aethon ni â phêl rygbi a phêl-droed gyda ni yn lle beiciau. Rhybuddiodd Dad ni i beidio gwneud unrhyw beth twp neu beryglus achos roedd y ddau ohonon ni newydd gael tynnu *plastercasts* – fi ar ôl torri fy mys, a fy mrawd ar ôl torri ei fraich. Roedd Dad wedi mynd i nôl paned o de o'r caffi ac fe giciodd Dan y bêl ar y llyn oedd wedi rhewi. Felly roedd y ddau ohonon ni'n trio gwneud i'r llall gerdded ar ben yr **iâ** ar y llyn. Roedd Dan wedi bod yn ddewr yn rhoi un droed ar yr iâ, felly roedd rhaid i fi drio gwneud rhywbeth mwy dewr. Ond roedd fy mrawd yn wyth oed ac ro'n i'n un deg pedwar, felly ro'n i llawer **trymach**! Sefais ar yr iâ, clywais grac mawr a chwympais o dan y dŵr!

Roedd y dŵr yn rhewi! Bwrais fy mhen ar yr iâ wrth drio dod 'nôl i fyny. Dechreuais fwrw'r iâ yn galed ond doedd e ddim yn torri! Triais nofio o dan yr iâ cyn teimlo gwaelod y llyn a sefyll i fyny yn syth. Craciais yr iâ gyda fy mhen a gweld bod dŵr y llyn dim ond yn dod i fyny at fy mola. Dringais allan ac fe gwympodd fy nhrowsus i lawr gyda **phwysau**'r dŵr, wrth i Dad ddod allan o'r caffi. Rhedodd Dan ato a gweiddi, 'Mae Siôn wedi cwympo i'r llyn a cholli pêl!'

Edrychodd Dad arna i, yn wlyb ac yn **crynu**, gyda fy nhrowsus

iâ – *ice*	**trymach** – *heavier*
pwysau – *weight*	**crynu** – *to shiver*

59

i lawr, yn dal fy hunan, a thwll siâp Siôn yn yr iâ, a meddwl am fath gwahanol o bêl i'r un roedd Dan wedi ei gweld!

Fy ngêm rygbi olaf yn Cwtch
(Ynys-hir, Pont-y-gwaith, Wattstown a Stanleytown)

Mae pont fawr wen ar draws y Porth sydd yn mynd â cheir ar hyd y ffordd newydd i fyny i'r Rhondda Fach. Ond pan o'n i'n ifanc, i fynd i fyny i'r Rhondda Fach roedd rhaid mynd rownd system un ffordd y Porth a dros y bont **reilffordd** i Sgwâr y Porth, yna i fyny drwy Ynys-hir, Wattstown a Phont-y-gwaith cyn cyrraedd y ffordd fawr yn Tylorstown. Mae Ynys-hir yn bentref bach o dan fynydd y Porth, a'r mynydd yma sydd yn **gwahanu** Cwm Rhondda yn ddau gwm – y Fawr i'r chwith a'r Fach i'r dde.

Mae dau beth gwahanol am bentrefi'r Rhondda Fawr a'r Rhondda Fach. Mae'r rhan fwyaf o bentrefi y Fawr ar lawr y cwm ac mae'r rhan fwyaf o bentrefi y Fach ar ochr y cwm. O Ynys-hir i'r Maerdy mae'r pentrefi yn newid o un ochr i'r llall. Mae Ynys-hir ar y chwith, wedyn rhaid croesi i'r dde i gyrraedd Wattstown, yn ôl i'r chwith wedyn dros y bont i Bont-y-gwaith, ac yna'n ôl i'r dde i gyrraedd Stanleytown. Mae Tylorstown a'r Maerdy ar y chwith, Blaenllechau ar y dde, cyn gorffen gyda'r Maerdy 'nôl ar y chwith ym mhen draw'r cwm. Mae'r ffordd newydd yn mynd o'r Porth, trwy ganol y cwm ac

---

rheilffordd – *railway*   **gwahanu** – *to separate*

yn gorffen ger Stanleytown, cyn mynd ymlaen ar yr hen ffordd trwy Tylorstown i'r Maerdy.

Mae Wattstown, Stanleytown a Tylorstown wedi eu henwi ar ôl perchnogion pyllau glo ond roedd gan Wattstown enw arall cyn hynny, un o hoff eiriau Cymru: 'Cwtch'. Mae Wattstown yn bentref bach iawn, dim ond llond llaw o strydoedd, ac mae wedi ei guddio yn ochr y bryn, o dan **domen lo** anferth Tylorstown. Felly roedd yr enw Cwtch yn berffaith iddo, ond doedd perchnogion y pyllau glo ddim yn bobl sentimental, felly fe wnaethon nhw newid yr enw.

Erbyn heddiw gallwch weld siapiau hen domenni glo ar ddwy ochr y mynydd yr holl ffordd i lawr i waelod y Rhondda Fach, ond does dim un pwll glo yma nawr. Roedd yn rhaid i'r bobl oedd yn byw ar un ochr i'r cwm gerdded ar draws y bont i fynd i'r pwll glo yn Wattstown, felly dyna'r **esboniad** am enw'r pentref Pont-y-gwaith.

Dw i ddim wedi chwarae rygbi ers amser hir nawr ond pan o'n i'n chwarae, fy nhîm i oedd Sebras Treorci. Mae nifer o dimoedd eraill yng Nghwm Rhondda, fel **Diafoliaid** Treherbert a **Theigrod** Tylorstown, ac mae caeau rygbi bron ym mhob pentref yn y Rhondda. Dau o fy hoff gaeau yw'r Oval yn Nhreorci a chae Cambrian, sydd bron yn y goedwig ar ben Cwm Clydach. Ond un o'r caeau mwyaf brwnt dw i wedi chwarae arno yw cae parc Wattstown, ac nid dim ond y mwd oedd yn frwnt!

Y gêm olaf i fi ei chwarae oedd gêm dros ail dîm Treorci yn erbyn Wattstown ar brynhawn Sadwrn gwlyb ym mis Tachwedd 2013. Mae'r cae wrth ochr yr afon ac roedd hi wedi bwrw glaw

---

tomen lo/tomenni glo – *coal tip(s)* **esboniad** – *explanation*

diafol/diafoliaid – *devil(s)* **teigr/teigrod** – *tiger(s)*

62

63

yn drwm drwy'r wythnos, felly roedd y cae yn llawn mwd a dŵr.

Cyn i'r gêm ddechrau roedd un o'r bechgyn yn sâl ar ochr y cae, ond roedd yn rhaid iddo fe chwarae achos doedd dim digon o chwaraewyr i gael gêm! Roedd llawer o'r bechgyn wedi bod yn sâl yn ystod yr wythnos, felly dim ond pymtheg chwaraewr oedd gyda ni beth bynnag! Dwedodd fy ffrind y basai e'n hwyr yn cyrraedd, felly dim ond un deg pedwar chwaraewr oedd gyda ni pan aethon ni i mewn i newid. Fi oedd y capten y diwrnod hwnnw ac ro'n i'n grac iawn achos ro'n ni wedi dod â'r cit anghywir, felly doedd rhai o'r crysau ddim yn ffitio neu ro'n nhw wedi torri. Dim ond Vaseline ac un **rhwymyn** oedd yn y Medibag, a'r tro diwethaf chwaraeon ni Wattstown **guron** nhw ni, felly ro'n i eisiau ennill y tro yma!

Wrth redeg allan o'r ystafell newid cyrhaeddodd fy ffrind, chwaraewr rhif 15. Daeth allan o'i gar a rhedeg ar y cae gyda ni. Diolch byth, ro'n ni'n dechrau'r gêm gyda thîm llawn! Ond roedd un peth **anffodus** am fy ffrind – roedd e'n ymladd mewn gemau ac yn aml yn cael carden felen neu goch. O fewn pum munud roedd rhywun wedi ei daclo fe'n galed a bwrw ei drwyn pan oedd e ar y llawr. Ro'n i'n sefyll yno a gwelais i chwaraewr Wattstown yn ei fwrw fe. Tynnais i fy mraich yn ôl yn barod i helpu fy ffrind... a chlywais i **chwiban** y **dyfarnwr**. Cerddodd e ata i a fy ffrind a rhoi carden felen i'r ddau ohonon ni a dim byd i'r boi o Wattstown! Do'n ni ddim wedi **gwneud unrhyw beth o'i le** ond roedd rhaid i fi aros ar ochr y cae am ddeg munud!

rhwymyn – *bandage*	**curo** – *to beat, to defeat*
anffodus – *unfortunate*	**chwiban** – *whistle*
dyfarnwr – *referee*	
gwneud unrhyw beth o'i le – *to do anything wrong*	

Wrth gerdded yn ôl ac ymlaen ar ochr y cae ro'n i'n mynd yn fwy ac yn fwy crac. Ond pan es i'n ôl ar y cae, dyna'r gêm orau wnes i ei chwarae erioed. Sgoriais i **gais**, chollais i ddim un **dacl** ac fe wnes i hyd yn oed gicio'r bêl i lawr y cae (rhywbeth dyw prop *ddim* i fod i'w wneud!).

Ro'n ni'n ennill o chwech pwynt gyda dwy funud i fynd, ac roedd Wattstown yn agos iawn at sgorio. Roedd pawb mor frwnt do'ch chi ddim yn gallu dweud pwy oedd yn chwarae i ba dîm! Cyn i'r dyfarnwr chwythu'r chwiban olaf, rhedodd prop mawr tew ata i. Rhedais ato a'i daclo fe i'r llawr cyn iddo sgorio. Clywais sŵn 'pop' mawr wrth i'r eliffant mawr trwm gwympo ar fy **ysgwydd**, ac wedyn clywais y chwiban. Enillodd Treorci, a dyna'r tro olaf i fi chwarae rygbi.

Y Nadolig wedyn prynodd fy ngwraig fŵts rygbi newydd sbon i fi. Maen nhw'n dal yn y bocs...

cais – *try (rugby)*	**tacl** – *tackle*
ysgwydd – *shoulder*	

65

1 4

Dyweddïo ar ben
Old Smokey
(Pen-rhys a Tylorstown)

Pen-rhys yw'r unig bentref sydd yn gallu gweld y ddau gwm o ben mynydd Ty'n-tyle. Mae Ystrad a'r Rhondda Fawr ar un ochr, a Tylorstown yn y Rhondda Fach ar yr ochr arall. Mae Pen-rhys yn rhan bwysig o'r Rhondda ers cannoedd o flynyddoedd. Cyn i'r pyllau glo ddod â **miloedd** o bobl i'r cwm, roedd pobl yn dod yma o bob rhan o'r wlad i yfed o **Ffynnon** Fair. Mae **cerflun** i gofio **Santes Mair** ar ben y mynydd, cyn cyrraedd y clwb golff sydd yn croesi mynydd Brithweunydd ac yn edrych ar draws Cwm Rhondda i gyd.

Os dych chi'n gyrru i fyny o Ystrad, dych chi'n gallu gweld tai **ystad** Pen-rhys, a gafodd ei hadeiladu yn y 1960au. Yna dych chi'n dechrau mynd i lawr i'r Rhondda Fach ar hyd y ffordd **droellog** i lawr i Tylorstown. Mae strydoedd Tylorstown yn fendigedig! Maen nhw mor serth a throellog, mae'n anodd deall sut maen nhw'n sefyll o gwbl! Fy hoff stryd yn y Rhondda i gyd yw Stryd Brynhyfryd, am ddau reswm. Un yw yr enw – yn Saesneg mae e'n meddwl 'lovely hill', a'r ail reswm yw 'mod i'n hoffi tynnu lluniau o'r stryd.

dyweddïo – *to get engaged*	**miloedd** – *thousands*
ffynnon – *well*	**cerflun** – *statue*
Santes Mair – *Saint Mary*	**ystad** – *estate*
troellog – *winding*	

Dau o fy hoff artistiaid o'r Rhondda yw Ernest Zobole, oedd yn byw yn Ystrad ac yn peintio'r Rhondda yn lliwgar, ac Elwyn Thomas, oedd yn peintio lluniau o strydoedd y cwm. Mae e'n dal i fyw a pheintio yn Nhrealaw. Mae gen i brint gan Elwyn yn fy nhŷ, sef llun wedi ei beintio yn edrych i fyny ar Tylorstown o Bont-y-gwaith, a dych chi'n gallu gweld Stryd Brynhyfryd ar ben y bryn ac yn dod i lawr fel neidr. Hwn yw un o fy hoff luniau yn y byd.

Erbyn 2013 ro'n i a Becky wedi nabod ein gilydd ers deuddeg mlynedd, bron hanner ein bywydau! Ro'n ni wedi tyfu i fyny gyda'n gilydd yn Nhreorci ac wedyn wedi symud i ffwrdd i brifysgolion gwahanol yn Abertawe a Chaerfyrddin. Daethon ni'n ôl i Dreorci, dechrau gweithio i safio arian a symud i'n cartref cyntaf yn Gelli. Ro'n i eisiau bod gyda hi am **weddill** fy mywyd!

Roedd Becky a fi'n hoffi mynd am dro ar ddiwrnod fy mhen-blwydd a'r flwyddyn yma ro'n i eisiau mynd i gerdded yn Llanwonno, rhwng Cwm Rhondda a Chwm Cynon, a chael cinio yn nhafarn y Brynffynnon. Mae'n rhaid mynd trwy Flaenllechau yn y Rhondda Fach, dros y mynydd a thrwy'r goedwig i gyrraedd yno. Ar y ffordd mae hen domen lo sydd i'w gweld bron o bob rhan o'r cwm. Mae gan y domen lawer o enwau. Mae rhai yn galw'r lle yn Tylorstown Tump, neu Tylorstown Tip, ond mae'r rhan fwyaf yn ei nabod fel Old Smokey achos mae'n edrych fel **llosgfynydd**!

Roedd hi'n ddydd Sul ac ro'n ni am fynd am dro i fyny Old Smokey cyn cinio. Ro'n i wedi dwcud wrth bedwar person beth ro'n i'n mynd i'w wneud ar y diwrnod. Mae Dad a'i ffrind, Dai,

---

gweddill – *the rest of*   **llosgfynydd** – *volcano*

yn canu gyda **Chôr Meibion** Treorci, felly gofynnais iddyn nhw a fy mrawd ddysgu 'Have I told you lately' gan Van Morrison, wedyn cuddio ar ben y domen a dod allan a dechrau canu pan o'n i'n rhoi **arwydd**. Y pedwerydd person oedd Aaron, perchennog y Brynffynnon, oedd yn cael y **siampên** yn barod i ni yn y dafarn.

Dechreuodd pethau'n dda. Stopiais y car a dweud wrth Becky,

'Dere am dro i ben y domen cyn cinio!'

Roedd hi mor braf ro'n ni'n gallu gweld yr holl ffordd i lawr i Gaerdydd, i fyny i Fannau Brycheiniog a draw i gymoedd Gwent. Roedd e'n berffaith! Ond roedd hi'n anodd iawn cerdded y domen yn ein dillad mynd mas am fwyd. Roedd ein sgidiau yn ddu fel y glo ac ro'n ni'n **chwysu** achos yr haul. Pan gyrhaeddon ni ben y domen roedd hi mor wyntog roedd gwallt Becky yn chwythu dros y lle i gyd. Doedd Becky ddim yn hapus iawn i gerdded yr holl ffordd a doedd hi ddim yn gwybod beth oedd yn mynd i ddigwydd chwaith!

Yn sydyn daeth Becky ata i a dweud, 'Mae dyn od yn cuddio y tu ôl i'r goeden yna!'

Edrychais draw a gweld pen fy nhad yn popio allan o'r tu ôl i'r goeden ar ben y domen.

'Na, does neb yna,' dwedais gan drio ei throi hi i edrych y ffordd arall.

'Oes,' meddai mewn sioc. 'Ac mae e'n gwisgo… siwt? Mae rhywun arall yna hefyd…'

Yna daeth Dad allan o'r tu ôl i'r goeden, a Dai y tu ôl iddo fe, a chlywais fy mrawd yn dweud,

---

côr meibion – *male voice choir*   **arwydd** – *sign, signal*

siampên – *champagne*   **chwysu** – *to sweat*

'Na, Dad, dim eto, aros am yr arwydd!'

Felly roedd rhaid i fi ei wneud e nawr neu fasai Becky yn meddwl bod rhywbeth od iawn yn digwydd! Ro'n i wedi ysgrifennu a dysgu rhywbeth i'w ddweud wrth Becky, felly es i lawr ar un **ben-glin** tra bod tri dyn mewn siwt yn canu a Becky yn edrych arna i ac yn trio stopio'r gwynt rhag chwythu ei gwallt ar draws ei hwyneb! Dw i ddim yn cofio beth ddwedais i yn y diwedd ond gwisgodd Becky y **fodrwy** ar ei bys a daeth Dad, Dai a Dan draw i roi blodau a siocled iddi.

Pan o'n ni'n dau yn cael cinio yn y Brynffynnon, gofynnais i fy *fiancé* newydd oedd hi'n hoffi beth ddwedais i wrthi cyn cael y fodrwy.

'Dw i ddim yn gwybod beth ddwedaist ti,' meddai. 'Roedd y gwynt yn chwythu yn fy wyneb, wedyn fe wnaeth tri dyn mawr ddechrau canu'n uchel a gwelais i dy geg yn symud. Dim ond ar ôl gweld y bocs bach gyda'r fodrwy ro'n i'n deall beth oedd yn digwydd!'

---

pen-glin – *knee*　　　　　　**modrwy** – *ring*

15

Ymarferion yn y Rad
(Blaenllechau)

Dw i wedi caru cerddoriaeth erioed. Ro'n i'n canu yn yr **eisteddfod** ond do'n i ddim yn hoffi **llefaru** o gwbl, sydd yn od, achos nawr dw i'n hoffi llefaru mewn **nosweithiau** barddoniaeth!

Fy **offeryn** cyntaf yn yr ysgol oedd y recorder. Do'n i ddim eisiau chwarae'r recorder (ro'n i eisiau chwarae'r sacsoffôn) ond roedd pawb yn gorfod dysgu'r recorder i chwarae i'r rhieni mewn cyngerdd ysgol. Ges i stŵr mawr pan eisteddais i ar y **llwyfan** a gwrthod chwarae o flaen pawb. Ro'n i'n rebel yn ifanc!

Dw i'n cofio cerdded adref o'r bws ysgol gynradd a thrio dysgu fy hunan i **chwibanu** ar ôl clywed hen ddyn yn ei wneud e. Ar ôl tipyn roedd Mam wedi cael digon o fy chwibanu, felly **anfonodd** hi fi i gael gwersi gitâr. Ond dros y blynyddoedd ches i ddim **lwc** gydag athrawon cerddoriaeth. Dechreuais i ddysgu chwarae'r gitâr ond fe wnaeth yr athro symud i wlad arall. Dechreuais i a fy mrawd ddysgu chwarae'r piano ond fe wnaeth yr athro farw ar ôl blwyddyn. Dechreuais i chwarae'r sacsoffôn

eisteddfod – *music and literature competitions*	
llefaru – *recitation; to recite*	**nosweithiau** – *evenings*
offeryn/offerynnau – *instrument(s)*	
llwyfan – *stage*	**chwibanu** – *to whistle*
anfon – *to send*	**lwc** – *luck*

71

ond fe wnaeth yr athro yna farw hefyd… ar ôl pedair gwers! Ro'n i'n dechrau meddwl basai hi'n well i bawb taswn i'n stopio chwarae offerynnau!

Ond pan o'n i ym Mlwyddyn 11 yn yr ysgol roedd gen i lawer o waith cartref ar gyfer fy arholiadau, ac ro'n i'n trio popeth i stopio gweithio. Dwedodd Mam wrtha i am ymarfer offeryn achos roedd hi wedi clywed bod cerddoriaeth Mozart yn help i gofio pethau. Do'n i ddim yn gallu chwarae unrhyw gerddoriaeth Mozart ond, i gael mwy o amser i beidio gweithio, dechreuais chwarae pob offeryn yn y tŷ – harmonica, yr hen recorder o'r ysgol gynradd, piano fy mrawd, *kazoo*, unrhyw beth i stopio **adolygu** algebra! Wrth chwilio am offerynnau yn yr atig, ffeindiais fy hen gitâr a dechrau dysgu fy hunan i chwarae eto.

Ar fy mhen-blwydd yn un deg saith oed fe ges i gitâr newydd ac ro'n i'n chwarae bob dydd a phob nos. Ro'n i'n ysgrifennu caneuon fy hunan ac yn eu recordio nhw ar *dictaphone* i ddechrau, wedyn ar gyfrifiadur Dad. Ond ro'n i'n chwarae a chanu yn fy ystafell wely ar ben fy hun achos do'n i ddim yn meddwl fy mod i'n ddigon da i chwarae o flaen pobl. Pum mlynedd wedyn, yn y flwyddyn olaf yn y brifysgol, fe wnes i ganu o flaen pobl am y tro cyntaf. Chwaraeais i 'Obviously' gan McFly gyda ffrind ar y llwyfan a ges i'r *bug*. Ro'n i eisiau canu o flaen mwy a mwy o bobl! Erbyn heddiw dw i wedi canu o flaen tri person mewn caffi ac wedi canu i dros ddwy fil o bobl ar gae rygbi. Dw i hefyd wedi canu ar y teledu, ond un o fy hoff bethau am ganu oedd bod mewn band.

Roedd fy ffrind gorau, Kyle, yn chwaraewr gitâr ardderchog ac roedd Hywel, hen ffrind ysgol, yn chwarae'r drymiau mewn

---

adolygu – *to revise*

llawer o fandiau. Roedd Hywel wedi dod yn ôl i'r Rhondda ar ôl gweithio yng ngogledd Cymru ac roedd e eisiau dechrau band newydd. Un noson, ar ôl cwpwl o beints yng Nglynrhedynog, neu Ferndale, cerddon ni'n ôl ar draws y cwm i dŷ Hywel ym Mlaenllechau a dechrau **jamio**. Chwaraeon ni tan i'r haul godi ac yn y bore ro'n ni'n mynd i ddechrau band ac ymarfer bob wythnos.

Enw'r band oedd Pine Barons ar ôl ein hoff ran o gyfres *The Sopranos*, a dechreuon ni ymarfer yn nhŷ Hywel. Ond mae ystafelloedd tai teras yn fach iawn ac roedd y drymiau yn fawr ac yn gwneud llawer o sŵn. Felly gofynnodd Hywel fasen ni'n gallu defnyddio un o'r ystafelloedd yn y Blaenllechau Radical Club neu 'The Rad' fel roedd pawb yn galw'r lle. Mae e wedi cau nawr ond, ar y pryd, dim ond bar bach oedd lawr stâr, ond lan stâr roedd ystafell fawr iawn gyda llwyfan a phêl disgo!

jamio – *to jam*

73

Ro'n i'n gweithio mewn ffatri ar y pryd, Hywel yn gweithio yn Asda, a Kyle yn gweithio mewn ysgol gynradd. Bob dydd Mercher ar ôl gwaith, roedd y tri ohonon ni yn llenwi fy Peugeot 306 bach glas gyda'r ampiau a'r gitârs a'r drymiau, gyrru 100 metr rownd y gornel a chario pob peth lan y stâr i'r ystafell fawr. Roedd pawb wedi blino cyn dechrau'r ymarfer! Un o'r pethau gorau oedd bod y Rad ar ochr y ffordd ar y bryn rhwng Blaenllechau a Glynrhedynog, gydag un tŷ ar un ochr a chapel ar yr ochr arall. Does dim llawer o bobl yn byw ym Mlaenllechau a dim ond tua wyth tŷ oedd o fewn 100 metr i'r Rad, felly ro'n ni'n gallu chwarae mor uchel ag ro'n ni eisiau!

Ro'n ni eisiau **cyfansoddi** caneuon ein hunain, a chaneuon roc a *blues* gyda thipyn bach o jazz oedd ein **steil**. Ro'n ni'n ysgrifennu pob cân gyda'n gilydd, wedyn baswn i'n cyfansoddi'r geiriau ac yn canu. Cawson ni ychydig o **gigiau** yn y cymoedd, ac un **gìg** yn Lloegr!

Ond un diwrnod roedd yn rhaid i ni stopio ymarfer yn y Rad. Roedd rhywun wedi rhoi llythyr i Hywel oddi wrth **Bwyllgor** y Rad yn ein stopio ni rhag ymarfer yno am y rheswm mwyaf doniol:

Dear Mr Mills,

We regret to inform you that you and your band will no longer be granted use of the Radical Club ballroom due to unauthorised use of stage electrical equipment and a flagrant disregard for club rules and regulations.

This decision taken by the Radical Club Committee members is final.

cyfansoddi – *to compose*	**steil** – *style*
gìg/gigiau – *gig(s)*	**pwyllgor** – *committee*

74

We wish you luck in finding another venue to practise your 'music'.

Radical Club Committee

Ro'n i wedi anghofio cymryd plwg un wythnos ac fe wnes i fenthyg *extension cable* i ymarfer. Fe wnes i roi'r plwg yn ôl ond mae'n rhaid dweud, 'dyn nhw ddim yn 'Radical Club' am ddim rheswm!

1 6

UFOs y Maerdy a'r Res
(Glynrhedynog a'r Maerdy)

Mae llawer o bobl yn nabod Cwm Rhondda am y glo ond does dim un pwll glo yn y Rhondda nawr. Y pwll olaf i gau oedd Pwll Glo'r Maerdy yn 1990. Mae'r dram olaf o lo i adael y pwll yn iard y Parc Treftadaeth yn Nhrehafod.

Ro'n i'n cerdded y mynyddoedd gyda Dad trwy'r amser pan o'n i'n blentyn. Wrth i fi dyfu lan do'n i ddim eisiau mynd gymaint, er bod Dad yn gofyn yn aml. Ond pan o'n i'n gweithio mewn swyddfa ro'n i eisiau rhedeg i ben y mynydd a gweiddi i mewn i'r gwynt yn aml iawn! Do'n i ddim yn hoffi bod yn sownd mewn swyddfa o gwbl. Pan oedd y glowyr yn mynd am dro lan i'r mynyddoedd ar ddydd Sul neu ar y dyddiau do'n nhw ddim yn gweithio, ro'n i'n deall yn iawn pam ro'n nhw eisiau bod mas yn yr **awyr iach**. Ond doedd fy ngwaith i ddim hanner mor anodd â'u gwaith nhw.

Os dych chi'n cerdded dros fynydd Cefn y Rhondda uwchben Treorci i'r ochr arall, dych chi'n edrych i lawr ar y Maerdy a Glynrhedynog, y ddau bentref olaf yn y Rhondda Fach, cyn **dilyn** y ffordd allan ac i lawr i Aberdâr yng Nghwm Cynon. Roedd gen i ffrindiau yn y Fach ac ro'n i'n byw yn y Fawr, ac weithiau ro'n ni'n cwrdd ar ben y mynydd neu ar bwys yr 'UFOs'.

Mae llawer o bobl y Maerdy yn dweud eu bod nhw wedi gweld UFOs yn yr awyr un noson yn y 1990au. Gweld goleuadau

---

awyr iach – *fresh air, open air*   **dilyn** – *to follow* yn saethu ar draws yr awyr, yn stopio ac yna yn hedfan i ffwrdd eto. Dw i ddim yn gwybod ydy hyn yn wir ond mae'r Maerdy yn uchel iawn yn y mynyddoedd. Ond pan ofynnais i hen ddyn unwaith am yr UFOs fe ddwedodd e,

'I don't believe in UFOs and I'm not getting into one when they land!'

Ond yr UFO ro'n i'n ei weld pan o'n i a fy ffrindiau yn cwrdd oedd y pedwar disg mawr ar ochr y mynydd oedd yn dal dŵr. Os o'ch chi'n sefyll ar ben y mynydd ac yn edrych i lawr, ro'n nhw'n edrych fel pedwar UFO wedi eu parcio yna! Hefyd, os o'ch chi'n edrych i fyny at ben y cwm, roedd cylchoedd ar y llawr fel y siapiau sydd yn y gwair yn America lle mae pobl yn credu bod UFO wedi glanio. Ond eto, nid dynion bach gwyrdd wnaeth yr UFOs yma ond dynion bach y Rhondda, achos dyna ble roedd pwll glo'r Maerdy, ond dim ond siapiau ar y llawr sydd yna nawr.

Roedd y pwll glo yn bellach i fyny'r cwm, ond dim ond darn mawr o **dir gwag** sydd yna nawr gyda ffordd yn rhedeg ar hyd yr afon. Os dych chi'n dilyn y ffordd mae'n mynd i ben y Rhigos ac yn dod allan ar bwys y fan hufen iâ. Cyn cyrraedd y Rhigos, i lawr o fynydd Ystradffernol a Bryngelli mae **cronfa ddŵr** Lluest-wen, ond mae pawb yn galw'r lle'n Res.

Mae coedwig o gwmpas y rhan fwyaf o'r Res gyda llwybrau yn mynd i'r coed. Mae rhai llwybrau yn mynd i lawr i Hirwaun yng Nghwm Cynon, rhai yn mynd ar draws y Rhigos i Gwm Afan a Chwm Nedd a rhai yn dod i lawr i Dreherbert a Threorci yn y Rhondda Fawr. Erbyn heddiw mae melinau gwynt ar hyd y llwybrau, ond pan o'n i'n ifanc dyma'r ffordd ro'n i a fy ffrindiau yn mynd gyda fy nghi, Taco, i nofio.

---

tir gwag – *wasteland*　　　　　**cronfa ddŵr** – *reservoir*

77

Mae nofio yn y Res yn beryglus iawn, ac roedd pawb yn gwybod y stori am y bachgen wnaeth **foddi** yno amser hir yn ôl, felly does neb yn nofio yno nawr. Ond roedd afon y Rhondda Fach yn dechrau o'r Res a dyma lle wnaethon ni adeiladu **argae** i greu pwll i nofio! Ro'n ni wedi gwneud pwll tebyg yn yr afon yn Ynyswen, ond roedd llawer o blant yn mynd yna, felly fe wnaethon ni wneud un newydd i ni.

Roedd rhan o'r afon yn troi ac yn cwympo i bwll bach yn barod. Dyna ble ro'n ni am greu ein pwll nofio newydd. Ro'n ni yna am ddau diwrnod yn symud y creigiau i'r afon ac yn rhoi mwd yn y craciau i stopio'r dŵr fynd trwyddo. Roedd Taco, fy nghi, yn **cyfarth** bob tro ro'n ni'n symud rhywbeth, fel petai e'n gweiddi arnon ni i roi'r creigiau yn y lle iawn. Ar yr ail ddiwrnod fe wnes i ffeindio darn hir o fetel o ochr dram glo. Roedd rhaid cael tri ohonon ni i'w dynnu fe o'r cae a'i sticio fe i mewn i ochr yr afon. Wedyn fe wnaethon ni roi llawer o greigiau arno fe i greu **bwrdd deifio**!

Ar ôl gorffen eisteddon ni ac aros i'r dŵr lenwi ein pwll wrth fwyta ein picnic – afalau o'r goeden a dŵr hyfryd o'r Res i'w yfed. Roedd fy ffrindiau yn dweud fy mod i'n debyg i Moby Dick achos ro'n i'n fawr ac yn wyn, a fi oedd yn neidio i mewn i'r dŵr oer yn gyntaf. Roedd rhai o'r bechgyn yn rhoi troed i mewn ac yna yn newid eu meddwl, ond ar y diwrnod poeth yma neidiodd pawb i mewn yr un pryd. Aethon ni i'r pwll bron bob diwrnod yr haf yna a mwynhau pob munud.

Nawr dw i'n hŷn ac mae gen i ferch fach, a dw i'n hoffi mynd am dro i fyny i'r Res a dweud y straeon yma wrthi hi. Dw i'n pwyntio at y darn o ddram sydd yn ochr yr afon ac yn dweud

boddi – *to drown*	**argae** – *dam*
cyfarth – *to bark*	**bwrdd deifio** – *diving board*

78

79

wrthi am fwyta'r afalau o'r goeden, ond dw i bron byth yn gweld rhywun yn yr afon nawr. Efallai fod y dŵr yn rhy oer, neu fod plant yn meddwl ei bod hi'n rhy beryglus i nofio yna.

Weithiau ry'n ni'n dau yn **padlo** yn yr afon ac yn taflu cerrig i fewn i'r Res, a dw i'n meddwl pa straeon fydd gan fy merch i i'w dweud am y Rhondda pan fydd hi'n hŷn.

Dw i'n gobeithio bydd ei straeon hi yn gymaint o hwyl â'r rhai dw i'n eu cofio.

---

padlo – *to paddle*

Geirfa

adolygu – *to revise*
aelod – *member*
Aelod Seneddol – *Member of
    Parliament*
anfon – *to send*
anffodus – *unfortunate*
anghytuno – *to disagree*
anghywir – *wrong*
ar draws – *across*
arfer – *used to*
argae – *dam*
arhosais – *I waited*
arwydd – *sign, signal*
asgwrn – *bone*
awdur – *author*
awyr – *sky*
awyr iach – *fresh air, open air*

bai – *fault*
baner – *flag*
Bannau Brycheiniog – *Brecon Beacons*
bant – *away, off*
bardd – *bard, poet*
barddoniaeth – *poetry*
bedd – *grave*
beic/beiciau modur – *motorbike(s)*
blaen – *front*
blawd llif – *sawdust*
ble bynnag – *wherever*
blynyddoedd – *years*
boddi – *to drown*
brifo – *to hurt*
brigyn – *branch*
brwnt – *dirty*

bryn – *hill*
brysia wella – *get well soon*
bwlch – *gap*
bwrdd deifio – *diving board*
bwrw – *to knock, to hit*
byncio – *to bunk off, to mitch*
bywydau – *lives*

cadw-mi-gei – *piggy bank*
cais – *try (rugby)*
casglu – *to collect*
cefnogi – *to support*
ceir – *cars*
cerddoriaeth – *music*
cerflun – *statue*
cicio – *to kick*
claddu – *to bury*
clustffonau – *earphones*
cnoi – *to chew, to bite*
codi ofn – *to scare*
coedwig – *forest, woods*
colli pwysau – *to lose weight*
côr meibion – *male voice choir*
corff – *body*
cornel/corneli – *corner(s)*
cot ffwr – *fur coat*
cot ysgafn – *blazer*
craig/creigiau – *rock(s)*
creadur/creaduriaid – *creature(s)*
croesfan sebra – *zebra crossing*
cronfa ddŵr – *reservoir*
crynu – *to shiver*
cuddio – *to hide*
curo – *to beat, to defeat*

cwm/cymoedd – *valley(s)*
cwrdd – *to meet*
cwrt – *court (sport)*
cwsmeriaid – *customers*
cwympo – *to fall*
cyfansoddi – *to compose*
cyfarth – *to bark*
cylch – *circle, round*
Cymorth Cyntaf – *First Aid*
cymryd (cymerodd) – *to take (took)*
cymryd rhan – *to take part*
cynnig – *to offer*
cyrliog – *curly*
cystadlaethau – *competitions*
cytuno – *to agree*

chwarel – *quarry*
chwiban – *whistle*
chwibanu – *to whistle*
chwydu – *to vomit, to be sick*
chwysu – *to sweat*

dadlau – *to bicker*
dangos – *to show*
dan ddaear – *underground*
dewis – *to choose*
dewr (dewraf) – *brave (bravest)*
diafol/diafoliaid – *devil(s)*
dianc – *to escape*
diffodd – *to turn off*
dilyn – *to follow*
diniwed – *innocent*
doniol – *funny*
dringwr – *climber*
drud – *expensive*
drws/drysau – *door(s)*
dwl – *stupid*
dwyieithog – *bilingual*
dyfarnwr – *referee*

dymchwel – *to demolish*
dyweddïo – *to get engaged*

Eidalaidd – *Italian*
eisin – *icing*
eisteddfod – *music and literature competitions*
esboniad – *explanation*
esgid – *shoe*

fel dwedais i – *as I said*
fel petai – *as if*
fel tasech chi – *as if you were*

ffrwydro – *to explode*
ffrwythau – *fruit*
ffynnon – *well*

gafr/geifr – *goat(s)*
gardd gefn – *back garden*
gemwaith – *jewellery*
ger – *near, close to*
gìg/gigiau – *gig(s)*
glanio – *to land*
glöwr/glowyr – *miner(s)*
goleuadau – *lights*
golygfa – *view*
graddau – *grades*
gwaelod – *bottom*
gwag – *empty*
gwahanol – *different*
gwahanu – *to separate*
gwair – *grass*
gwario – *to spend (money)*
gweddill – *the rest of*
gwerthwyr tai – *estate agents*
gwiwer – *squirrel*
gwlân – *wool*
gwneud hwyl am ben – *to make fun of*

gwneud unrhyw beth o'i le – *to do anything wrong*
gwthio – *to push*
gwydr – *glass*

herio – *to dare*
hongian – *to hang*
hyfforddi – *to train*
hŷn – *older*

iâ – *ice*
ieuenctid – *youth*
ifanca – *youngest*
i fod i – *supposed to*

jamio – *to jam*

lwc – *luck*

llanast – *mess*
llawn dop – *completely full*
llefaru – *recitation; to recite*
llifo – *to flow*
llithro – *to slip, to slide*
lliwgar – *colourful*
llonydd – *still, motionless*
llosgfynydd – *volcano*
llosgi – *to burn*
llwch – *dust*
llwybr – *path*
llwyfan – *stage*
llyn – *lake*

magu – *to bring up*
magu plwc – *to pluck up courage*
melin wynt/melinau gwynt – *windmill(s)*
metel – *metal*
mewn trwbl – *in trouble*

miloedd – *thousands*
milltir – *mile*
modfedd – *inch*
modrwy – *ring*
mor bell â/ag – *as far as*
mwdlyd – *muddy*
mwg – *smoke*
mynwent/mynwentydd – *cemetery/ cemeteries*

nant – *stream*
neidio – *to jump*
neidr – *snake*
nicyrs – *knickers*
nosweithiau – *evenings*

o'ch blaen – *in front of you*
o flaen – *in front of*
offeryn/offerynnau – *instrument(s)*
ohono fe – *of him*
ohonon ni – *of us*
olwyn – *wheel*

padlo – *to paddle*
paffio – *to box (fight)*
papuro – *to paper (a wall)*
para – *to last*
parc gwledig – *country park*
Parc Treftadaeth y Rhondda – *Rhondda Heritage Park*
pellter – *distance*
penderfynu – *to decide*
pen-glin – *knee*
perchennog/perchnogion – *owner(s)*
perffaith – *perfect*
perthynas – *relationship*
peryglus – *dangerous*
poenus – *painful*
pren – *wood*

83

prif fachgen – *head boy*
prifysgol – *university*
pwdu – *to sulk*
pwll glo/pyllau glo – *coalmine(s)*
pwyllgor – *committee*
pwyntio – *to point*
pwysau – *weight*

ramp/rampiau – *ramp(s)*
rasio – *to race*

rhaeadr – *waterfall*
rhamantus – *romantic*
rhegi – *to swear*
rheilffordd – *railway*
rheswm – *reason*
rhewi – *to freeze*
rhowlio – *to roll*
rhwymyn – *bandage*
rhybuddio – *to warn*
rhywsut – *somehow*

saer – *carpenter*
safio – *to save*
safle – *site*
safon ni – *we stood*
Santes Mair – *Saint Mary*
sbwriel – *rubbish*
sef – *that is, namely*
seidr – *cider*
serth – *steep*
sgiw – *settle*
sgrechian – *to scream*
siampên – *champagne*
siâp/siapiau – *shape(s)*
sioe ffasiwn – *fashion show*
siomedig – *disappointed*
sownd – *stuck*
steil – *style*

storfa – *warehouse*
straeon – *stories*
stŵr – *row, telling off*
swydd – *job*
syml – *simple*

tacl – *tackle*
taflu – *to throw*
teigr/teigrod – *tiger(s)*
teithiau – *trips*
Tîm Achub Pyllau Glo De Cymru
   – *South Wales Mines Rescue Team*
tir gwag – *wasteland*
tlawd – *poor*
tomen lo/tomenni glo – *coal tip(s)*
trafferth – *trouble*
trio – *to try*
triongl – *triangle*
troedfedd – *foot (measurement)*
troellog – *winding*
trymach – *heavier*
twll – *hole*
twpsyn – *fool, stupid person*
tu fewn – *inside*
tun – *tin*

uchaf – *highest*
uwchben – *above*

winwns – *onions*

ymladd – *to fight*
yn barod – *ready*
yn ddiweddarach – *later*
yn llai na'r llall – *smaller than the other*
yn ofalus – *carefully*
yr holl ffordd – *all the way*
yr un pryd – *the same time*
Yr Wyddfa – *Snowdon*

ysgol gyfun – *secondary school*
ysgol gynradd – *primary school*
ysgwydd – *shoulder*

ystad – *estate*
ystrydebol – *stereotypical*

Hefyd Lefel Sylfaen

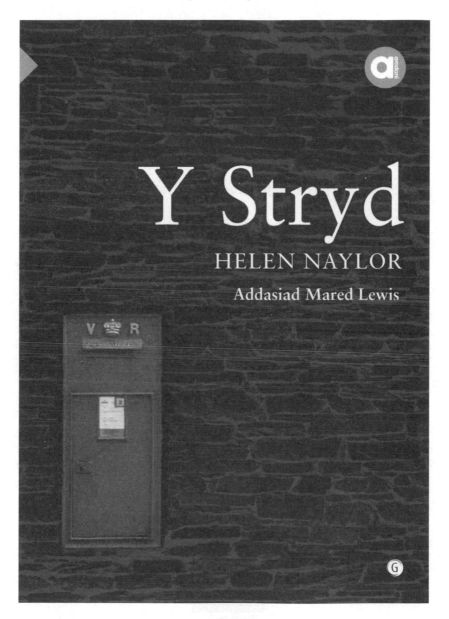

Y Stryd

HELEN NAYLOR

Addasiad Mared Lewis

£6.99

Am restr gyflawn o lyfrau'r Lolfa, mynnwch
gopi am ddim o'n catalog
neu hwyliwch i mewn i'n gwefan

www.ylolfa.com

lle gallwch archebu llyfrau ar-lein.

TALYBONT CEREDIGION CYMRU SY24 5HE
ebost ylolfa@ylolfa.com
gwefan www.ylolfa.com
ffôn 01970 832 304
ffacs 832 782

Argraffwyd gan Y Lolfa
Holwch am bris